AF201211

Gabriele Böing

Liebe nie deinen Chef

Impressum

Bibliografische Information der Deutschen
Nationalbibliothek:
Die Deutsche Nationalbibliothek verzeichnet diese
Publikation in der Deutschen Nationalbibliografie;
detaillierte bibliografische Daten sind im Internet über
http://dnb.dnb.de abrufbar.

2. Auflage

© 2020 Gabriele Böing

Herstellung und Verlag: BoD – Books on Demand,
Norderstedt

ISBN: 978-3-7504-8188-6

KAPITEL 1

Sibylle lehnte sich aufstöhnend auf ihrem Bürostuhl zurück. Erst jetzt bemerkte sie den Schmerz ihrer verkrampften Schultern. Ihr neuer Chef spornte Sibylle zu Höchstleistungen an.

Sibylle war stets eine ebenso motivierte wie engagierte Sekretärin gewesen, aber dieses Mal war es anders. Sie hatte ihre Stelle bei ihrem Vorgesetzten Herrn Pirsten vor vier Monaten angetreten. Ihre Arbeit in ihrer ehemaligen Arbeitsstelle forderte sie nicht mehr. Sibylle wünschte sich in ihrem Sekretärinnenjob mehr Leben, Herausforderungen, Rummel, neue Aufgaben, Veränderungen und Stress. Sibylle wollte gebraucht werden und die Entwicklungen mitverfolgen können. Zudem war ihr wichtig, das Gefühl zu haben, einen wesentlichen Beitrag zum Wohlergeben des Unternehmens beitragen können. Hier bei der Firma Sobkranski GmbH hatte Sibylle endlich ihren Traumjob gefunden.

Die Tür ihres Chefs, dem Vertriebsleiter Mario Pirsten, wurde schwungvoll und tatkräftig aufgerissen. Sibylle, die sich immer noch streckend in dem Bürostuhl mit der flexiblen Lehne zurückgelegt hatte, zuckte schuldbewusst zusammen.

»Schon erschöpft, Frau Miraki? Ich bringe Ihnen gerade einen Stapel neuer Kundenanschriften. Diese Geschäftsfreunde sollten wir umgehend über unsere neue Produktlinie informieren.« Ohne eine Antwort seiner Sekretärin abzuwarten, ließ er einen Stapel Akten auf Sibylles Schreibtisch fallen. An den Seiten des Stapels lugten hier und dort gelbe Klebezettel mit Hinweisen heraus, wie »Prospekt mitschicken«, »Grüße an seine Frau«, »Duzen und Vorname« oder »Termin zwei Wochen später vereinbaren«.

»Bis wann müssten diese Briefe geschrieben sein?«, fragte Sibylle vorsichtig nach. Schon seit zwei Stunden war ihre offizielle Arbeitszeit beendet und gerade heute hatte sie einen Termin.

»So schnell wie möglich, Frau Miraki. Sie kennen doch meine beiden Leitsätze: »Frühe Information bringt schnelle Bestellungen« und »Scheuch die Sekretärin, dann liebt sie dich.«.« Auch, wenn sich Sibylle einerseits über seine rücksichtlose Art ärgerte, ihr eine Stunde nach dem regulären Feierabend noch solch einen Berg Arbeit auf den Tisch zu legen, war sie dennoch von seiner Energie und Attraktivität geradezu benebelt. Herr Pirsten stellte nicht nur an sie diese hohen Ansprüche, sondern auch an sich selber.

Dennoch wollte Sibylle es ihm nicht zu leicht machen, ihre Arbeitszeiten und bereits im Übermaß geleisteten Überstunden einfach zu ignorieren. »Herr Pirsten, ich erledige diese Arbeit sehr gerne für Sie. Aber heute habe ich einen wichtigen Termin und schon zwei Stunden länger gearbeitet. Ich muss jetzt wirklich los, werde mich aber morgen Früh gleich an die Kundenbriefe begeben.«

Ihr Chef war bereits schon wieder auf dem Weg in sein Büro und stockte ungläubig bei Sibylles Gegenwehr. »Frau Miraki, Sie wollen mir also mitteilen, dass Sie diese Arbeit heute nicht mehr erledigen wollen und stattdessen nach Hause gehen?« Mario zog seine linke Augenbraue hoch und seine Stimme wirkte spöttisch.

»Wenn Sie die Briefe heute natürlich absolut dringend brauchen, müsste ich meinen Termin dann doch noch absagen«, lenkte Sibylle ein, denn sie war noch in der Probezeit und wollte diese interessante Stelle nicht aufs Spiel setzen.

»Sie haben einen Termin? Um diese Uhrzeit? Etwa ein Date?« Der Ton von Mario änderte sich schlagartig. Seine dunkle Stimme verlor an Härte und wurde warm. Sibylle schaute in seine dunkelbraunen Augen, während sie seine muskulös-männliche Statur und sein maskulines Aftershave wahrnahm. Fast wie im Hypnosezustand ärgerte sich Sibylle bereits, mit ihrer besten Freundin diesen Thai-Massagetermin vereinbart zu haben. Es war ein Weihnachtsgeschenk gewesen und sie hatte erst jetzt im Mai die Zeit und die Motivation gefunden, einen Termin festzulegen.

»Es ist kein Date«, antwortete Sibylle, weil sie im Grunde ihres Herzens nicht wollte, dass Mario glaubte, sie wäre bereits gebunden. Andererseits war in der Firma bekannt, dass sich Mario sehr gut mit Sandra Lindau aus der Reklamationsabteilung verstand. Sie gingen häufig zusammen mittags in die Kantine und unterhielten sich dort stets äußerst angeregt. »Aber mein Privatleben geht Sie im Grunde auch nichts an«, setzte sie daher schnippisch hinzu.

Mario lachte amüsiert auf. »Es sei denn, es stört die Arbeitsleistung. Es gibt nichts Unproduktiveres als frisch verliebte Sekretärinnen, die sich verträumt im Kippstuhl zurücklehnen.«

Wütend sprang Sibylle auf. »Soll ich das so verstehen, dass Sie mit meiner Arbeitsleistung nicht zufrieden sind?«

Mario legte die rechte Hand beschwichtigend auf ihren Unterarm, was Sibylles Gefühle jedoch noch mehr in Wallung brachte.

Sie hätte ihn in diesem Moment ohrfeigen und gleichzeitig küssen können. Was bildete er sich nur ein, so unverschämt fordernd und so unerhört attraktiv zu sein?

Mario genoss diese Situation, in der seine sonst so akkurate und geschäftsmäßige Sekretärin nun ein unwiderstehliches Temperament zeigte. Sibylles kunstvoll hochgesteckten dunkelbraunen Haare lösten sich dabei ein wenig und ein paar Strähnen fielen ihr ins Gesicht. Während ihre grünen Augen ihn wütend anstrahlten und sich Sibylles Wangen vor Zorn röteten, drängte die Anspannung ihres Körpers ihn zu einer Umarmung. In solch einer Situation, die Mario immer wieder gerne provozierte, übte sie eine ungeheure Anziehungskraft auf ihn aus. Spontan machte er einen Schritt auf Sibylle zu und umarmte sie fest, sagte aber nichts.

Sibylle gönnte sich, ein paar Sekunden seine Umarmung zu genießen, bevor ihr Stolz sie zwang, ihn zurückzustoßen. »Dann gehe ich mal davon aus, dass ich meinen Termin heute wahrnehmen darf und es genügt, wenn ich morgen Ihre Arbeiten erledige.«

Mario grinste überlegen. »Allerdings! Eine aufgeregte, genervte Sekretärin kann ihre Arbeit auch nicht mehr so ganz konzentriert und ruhig erledigen. Obwohl es spannend wäre, wie Ihre Briefe an die Kunden dann ausfallen würden.«

Mit einem »Schönen Feierabend noch!« verließ Sibylle ihren Raum, ohne den PC herunterzufahren oder ihren Schreibtisch aufzuräumen. Sie wusste, dass ihr Chef die Türen abschließen und die Computer kontrollieren würde. Dies tat er immer, wenn er dann spät abends nach Hause ging.

KAPITEL 2

So sehr sich Sibylle auch auf die entspannte Thai-Massage und das anschließende Essen im indischen Restaurant mir ihrer besten Freundin gefreut hatte, so wenig konnte sie den Abend dann genießen. Sie bemerkte kaum die sanft massierenden Finger der freundlichen Thailänderin, da sie in Gedanken noch immer bei Mario Pirstens Umarmung war.

Sibylle konnte sich seine Reaktion nicht erklären und ihre Aufregung, wenn sie daran dachte, schon gar nicht. Mario Pirsten war ein motivierender Vorgesetzter und er strahlte eine betörende maskuline Dominanz aus. Viele ihrer Kolleginnen schwärmten für ihn, aber sie wussten auch alle, dass er sich mit Sandra bestens verstand und jede Mittagspause mit ihr in der Kantine verbrachte.

Anstatt, wie geplant, am Abend danach zu Hause entspannt in den Schlaf zu fallen, tobten die Gedanken in Sibylle und drehten sich wie ein Tornado um ihr ruhendes Auge und ihren Vorgesetzten. Sibylle wälzte sich so lange im

Bett hin und her, bis die innere Unruhe förmlich zu schmerzen begann. Kurzerhand zog sich Sibylle um ein Uhr nachts an, streifte ihre Jacke über und verließ ihre Wohnung. Sie wollte nicht nur ihre Gedanken, sondern vor allem auch ihr Herz, das für Mario schlug, abkühlen. Alles wirbelte in Sibylles Kopf herum und zog ihr Herz mit in diesen Sog herein. Oder war etwa ihr Herz die Ursache des Hurrikans, der in ihr tobte. Es durfte doch nicht möglich sein, dass auch sie sich in die Reihe der anschmachtenden Mario-Pirsten-Verehrerinnen einordnete. Ihm lagen nicht nur unzählige Frauen zu Füßen, sondern er hatte auch eine Freundin, die er in seiner Freizeit offensichtlich bevorzugte. Nein, Sibylle würde ihm keinesfalls das Gefühl geben wollen, er hätte auch sie um den Finger gewickelt. Sie würde es schaffen müssen, das Gefühl für ihn zu unterdrücken und sich auf die Arbeit zu konzentrieren. Mario war nicht erreichbar für sie. Er hatte eine Freundin. Zudem hatte sie sich geschworen, ihre beruflichen Chancen nicht durch eine innerbetriebliche Liebelei zu verderben. Sie hatte in ihrer letzten Arbeitsstelle zwei Mal mit ansehen müssen, wie bei einer betrieblichen Pärchenbildung jedes Mal die Frau gebeten wurde, zu gehen.

Nachdem Sibylle ein warmes Glas Milch mit viel Honig getrunken hatte, legte sie sich aufstöhnend wieder ins Bett. Auf jeden Fall würden die nächsten Tage im Büro sehr hart für sie werden.

KAPITEL 3

Sibylle betrat am nächsten Morgen todmüde und sehr nervös die Eingangshalle der Firma Sobkranski, für die sie arbeitete. Standardmäßig grüßte sie die junge Empfangsdame Frau Viola Radecki mit »Guten Morgen, Frau Radecki.«.

»Hey, Frau Miraki, haben Sie noch einen Moment?«, rief sie jedoch Sibylle hinterher. Obwohl Sibylle an diesem Morgen schon leicht verspätet das Gebäude betreten hatte, war sie über die kleine Verzögerung, bis sie gleich ihrem Chef begegnen würde, sehr dankbar.

»Was gibt es denn?«, fragte sie daher sehr freundlich.

»Die Frau Schirak wurde entlassen. Man hat sie heute Morgen gekündigt und sie sollte sofort nach Hause gehen.«

Sibylle erschrak. »Doch nicht die Mitarbeiterin aus der Reklamationsabteilung?«

»Doch, sie arbeitete unter Herrn Vollmer in der Reklamationsabteilung. Angeblich hat sie ihrem Chef schöne Augen gemacht und ihm einen Kuss gegeben.«

Sibylle zuckte noch einmal zusammen, da sie spontan an die gestrige Annäherung mit ihrem eigenen Chef dachte. »Das ist doch kein Grund für eine Kündigung. Konnte Herr Vollmer sich nicht gegen sie wehren?«, fragte Sibylle ungläubig.

»Offensichtlich nicht«, ein Grinsen huschte über das vor Empörung rötlich angelaufene Gesicht der jungen Empfangsdame. »Jedenfalls nicht anders, als sie schlichtweg zu entlassen.«

»Mit welcher offiziellen Begründung denn? Sexuelle Belästigung am Arbeitsplatz?« Das Lächeln von Sibylle wirkte sarkastisch. Sie war mehr mit dem, was ihr am letzten Abend mit Mario Pirsten passiert war, beschäftigt, als mit dieser Sache.

»Das weiß ich nicht«, gab die Empfangsmitarbeiterin zu. »Jedenfalls hat Frau Schirak kurz bevor Sie kamen weinend das Haus verlassen. Hätte Herr Vollmer sie nicht einfach nur zurückweisen können? Musste man sie gleich entlassen?«

Mehr vor sich hin als zu ihrer Mitarbeiterin antwortete Sibylle: »Wenn sich zwei Partner innerhalb der Arbeitsstelle finden oder auch wenn es zu Liebeleien kommt, muss immer die Frau die Firma verlassen. Aber ich muss jetzt gehen, sonst feuert mich mein Chef auch gleich.«

Die Empfangsdame nickte. »Aber Ihr Chef, der Herr Pirsten, ist ja ein ganz anderer Kerl. Er hätte die aufdringliche Mitarbeiterin höflich zurückgewiesen oder sogar die Gunst der Stunde genutzt. Aber er hätte niemals so beleidigt reagiert und die Untergebene einfach feige gekündigt. Mario Pirsten ist ein feiner Mann.«

Sibylle nickte, obwohl sie die Reaktionen ihres Chefs nach gestern Abend überhaupt nicht mehr einschätzen konnte. Aber es hatte wenig Sinn, eine für Mario schwärmende Kollegin vor ihm zu warnen. Letztlich hatte Mario Pirsten auch ihre eigenen Gefühle und Gedanken in seinen Bann gezogen.

KAPITEL 4

Als Sibylle in ihrem Büro gerade übereifrig den Computer angeschaltet, die Aktenschränke aufgeschoben und ihren Schreibtisch mit Aktenstapeln vollgestellt hatte, um vorzutäuschen, schon intensiv zu arbeiten, ging die Tür von Mario auf. Er trat grinsend in die Türöffnung.

»Sie haben Ihre Arbeit hier schön arrangiert. An Ihnen ist eine Bürodesignerin verloren gegangen. Aber machen Sie sich keinen Stress. Ich habe vollstes Verständnis für durchgemachte Nächte.«

»Ich konnte einfach nur schlecht schlafen«, knurrte Sibylle.

»Dann sollten Sie jetzt erst einmal Kaffee für uns beide kochen. Damit Sie dann wenigstens am Nachmittag wieder zur Höchstform auflaufen, lade ich sie heute Mittag in die Kantine ein.« Mario drehte sich schon selbstzufrieden um, als Sibylle tief Luft holte: »Vielen Dank für Ihren Versuch, meine Arbeitsleistung noch weiter zu toppen. Ich denke aber, ich schaffe die gesamte heutige Arbeit auch ohne die gütige Einladung von

Ihnen.« Verärgert warf Sibylle einen schmalen Ordner auf ihren Tisch.

Mario drehte sich um: »Einverstanden. Dann gehen wir nach der Arbeit zusammen essen. Dann sind wir ungestörter und haben keinen Zeitdruck.«

Erstaunt über so viel Dreistigkeit blieb Sibylle eine Antwort im Halse stecken.

Mario, der sich von Sibylles Widerspruchsgeist und heißem Temperament äußerst angezogen fühlte, fügte noch provozierend hinzu: »Dann aber hurtig, Frau Miraki. Erst nach getaner Arbeit gibt's das gute Essen und die Streicheleinheiten.«

Danach zog sich Mario zweideutig lächelnd in sein Chefbüro zurück und ließ eine verwirrte und wütende Sekretärin zurück, die momentan an alles andere dachte, nur nicht an das Schreiben von sachlichen Kundenbriefen. Wenn ihr Chef nur nicht so verdammt anziehend gewesen wäre. Seine Stimme veränderte ihren Tonfall im Satz so häufig, dass sie manchmal wie ein Gesang wirkte. Sein Aftershave war herb und zugleich frisch. Noch lange nachdem er in ihrem Büro gewesen war, erinnerte dieser Duft an ihren Chef. Ihr Gehirn verband damit keine Angst und noch nicht mal

Zorn, sondern Verlangen, sexuelle Hingabe und Liebe. Sibylle erschrak. Es durfte auf keinen Fall passieren, dass sie sich ihren Gefühlen hingab. Und wieder einmal erinnerte sie sich daran, dass er eine enge Freundin hatte und sie ihre Traumstelle hier auf keinen Fall für eine kurze Affäre mit ihm riskieren durfte.

KAPITEL 5

An diesem Nachmittag hatte Sibylle ungewöhnlich schnell ihre Sekretariatsaufgaben erledigt. Sie wusste nicht, ob sie wegen ihrer inneren Aufregung schneller arbeitete oder Mario ihr an diesem Tag weniger Arbeiten gegeben hatte. Der Arbeitsstapel schmolz viel schneller als gewöhnlich in sich zusammen.

Um Punkt 17:00 Uhr klärte sich diese Frage, als Sibylles Vorgesetzter in ihr Büro kam. »Na, Frau Miraki, schon fertig für heute?«

Sibylle nickte unsicher. Sie kam sich ein wenig wie eine durchtriebene Sekretärin vor, die ihren Chef sonst immer damit beeindrucken wollte, wie lange sie an seinen Aufgaben sitzt und auf Knopfdruck die Arbeit plötzlich viel schneller erledigen konnte.

»Das freut mich sehr, Frau Miraki«, redete Mario jetzt mit einer wärmeren Stimme weiter. »Ich wäre auch sehr enttäuscht von Ihnen gewesen, wenn Sie mich bei unserem Date gleich hätten warten lassen wollen. Der Tisch ist in einer Stunde im Parkrestaurant reserviert. Es ist recht weit dorthin. Im Berufsverkehr benötigen wir vermutlich eine dreiviertel Stunde.« Voller Vergnügen beobachtete Mario den Gesichtsausdruck von Sibylle, als er ihr erzählte, dass sie gleich im noblen Fünf-Sterne-Restaurant speisen würde. Dort führte er sonst nur die höchsten Firmenchefs aus, von denen er sich eine entsprechend große Bestellung erhoffte. Die Mimik von Sibylle sprach Bände. Erst riss sie erstaunt ihre Augen auf, dann huschte ein geschmeicheltes Lächeln über ihr Gesicht. Sodann verdunkelte sich Sibylles Miene wieder, denn offensichtlich dachte sie daran, was er sich davon erhoffte.

Ihr Mienenspiel fand Mario nicht nur interessant, sondern auch äußerst anziehend. Sibylles Offenheit, ihr ehrliches Temperament und nicht zuletzt ihr extrem attraktives Äußeres sorgten dafür, dass sie ihm nicht mehr aus dem Sinn ging. Er war vom ersten Tag an fasziniert von ihrer ungekünstelten Persönlichkeit gewesen und diese Anziehung verstärkte sich mit der Zeit zunehmend.

»Ich konnte heute nur so früh meine Arbeit erledigen, da keine neuen Akten dazugekommen sind«, verteidigte sich Sibylle jetzt ganz direkt.

»Der Grund für Ihren Arbeitseifer kann doch auch die Freude über meine Einladung zum Abendessen sein?«, stichelte Mario weiter. Das war genau der Eindruck, den Sibylle auf keinen Fall hatte erwecken wollen.

»Wenn Sie glauben, ...«, wollte sie gerade die Angelegenheit richtigstellen, da winkte Mario schon ab: »Ja, ist schon klar. Ich habe heute Nachmittag die nicht so wichtigen Akten zurückgehalten, weil ich befürchtete, Sie würden mich sonst versetzen.« Er zwinkerte Sibylle scherzend zu und ihr Herz begann, wild zu klopfen.

In ihrem Bauch schienen Schmetterlinge zu tanzen und sie fühlte sich plötzlich, als würde sie schweben. Sibylle wusste, dass dies typische Anzeichen dafür waren, dass sie verliebt war. Während sie selbst merkte, wie sie plötzlich strahlte, wunderte sie sich über die Intensität ihrer Gefühle. Noch nie zuvor war ihr Verlangen nach einem Mann so heftig gewesen und noch nie zuvor war ihr klar gewesen, dass gerade ihr Traummann vor ihr stand. Und dann war dieser perfekte Mann leider ihr Chef.

Sibylle riss sich zusammen und versuchte, so sachlich wie möglich zu antworten: »Termine mit Mitarbeitern und Vorgesetzten habe ich immer pünktlich eingehalten. Sie brauchen daher nicht zu befürchten, dass ich zu unserem Arbeitsessen zu spät komme.«

»Arbeitsessen? Davon habe ich nichts gesagt«, erwiderte Mario und zwinkerte Sibylle neckend zu.

Verärgert darüber, dass er ihre vergangene Arbeit scheinbar nicht angemessen würdigte und auf ihre Wünsche nicht achtete, ergänzte Sibylle wütend: »Ich kann Privat- und Berufsleben sehr gut voneinander trennen und beabsichtige, dies auch weiterhin zu tun.«

Sie sah noch ein Grinsen in Marios Gesicht, während sie schon begann, ihre Aktenschränke abzuschließen und den Computer herunterzufahren. Sie ahnte, dass der Abend ihre Prinzipien noch sehr auf die Probe stellen würde. Dennoch musste sie Marios Charme widerstehen, denn kein Mann war es Wert, dass sie sich auf eine billige Affäre einließ, die ihr zusätzlich noch den interessanten Job kosten würde.

KAPITEL 6

Im exklusivsten Restaurant der Stadt hatte Mario einen ruhigen, etwas versteckten Tisch reservieren lassen. Als Sibylle mit Mario um 18:00 Uhr pünktlich das Restaurant betrat, erschrak sie. Ein großes Schild hinter dem Eingang wies auf eine Tanzveranstaltung an diesem Abend hin. Hatte Mario das nicht gewusst oder war es ihm egal, wenn sie entweder als verliebtes Tanzpärchen oder steife Kollegen auffallen würden? Sibylle ersehnte mehr denn je ein baldiges, gutes Ende dieses quälenden Abends.

Von der Atmosphäre des Restaurants war Sibylle hingegen begeistert. Es war in warmen Rot- und Gelbtönen eingerichtet, mit Kronleuchtern und Kerzen beleuchtet. Die Tische sowie deren Dekoration wirkten verspielt, aber zweckmäßig.

Nachdem jeder sein Menü bestellte hatte, wurde ihnen ein Rotwein serviert. Dieses Treffen fühlte sich für Sibylle wie ein Date an und hatte in der Tat nichts mit einem Geschäftsessen zu tun. Mario erzählte von

Erlebnissen seiner diversen Auslandsreisen in der Vergangenheit und brachte Sibylle immer wieder zum Lachen. Seine Erzählweise war so fesselnd und enthielt so viel intelligenten Humor, dass sie gar nicht merkte, wie sie an Marios Lippen hing. Am liebsten hätte sie gar nichts mehr gegessen, sondern nur noch ihm zugehört. Marios dunkle, fassettenreiche Stimme, seine spannenden Geschichten und seine enorme Anziehungskraft ließen Sibylle fast alle Vorsätze über Bord werfen.

»Nun habe ich Sie genug mit meinen Anekdoten gelangweilt. Was halten Sie davon, wenn wir vor dem Nachtisch noch einmal das Tanzbein schwingen?« Schon stand ihr Chef links neben ihr und hielt ihr auffordernd die Hand hin. »Muss ich eine Verbeugung machen, wie die Kavaliere der alten Schule, oder kommen Sie auch einfach so mit?«

Sibylle war verwirrt. Ihr Chef bat Sie um einen Tanz! Sie fühlte sich immer mehr in den gefährlichen Strudel von Liebe und Gefahr hereingezogen, der ihr nicht nur ihr Herz, sondern auch ihren Job stehlen könnte. Aber sie schaffte es einfach nicht, den bittenden braunen Augen ihres attraktiven Vorgesetzten zu widerstehen. Sibylle nickte daher resignierend und reichte ihm die Hand. Händchen haltend, was ihr völlig unangebracht vorkam, betraten sie die Tanzfläche.

Mario tanzte hervorragend. Sibylle, die nach ihrer Tanzschulausbildung nie wieder auf einer Tanzfläche gewesen war, fühlte sich in seinen Armen so gut geführt, dass sie jeden seiner Schritte mit Leichtigkeit mittanzte. Es macht ihr großen Spaß und das Gefühl des Schwebens kam in ihr wieder hoch. Die Musik, das leichte Drehen, das Spüren seines Arms an ihrem Rücken und die zwei Gläser Wein ließen sie in einen Glückstaumel verfallen.

Mario, der ihren Gefühlszustand zu erahnen schien, flüsterte ihr ins Ohr: »Ich denke, das förmliche »Sie« sollten wir aber so langsam fallen lassen. Ich bin Mario, was ich dir wohl kaum sagen muss, da du den Namen täglich unter die Briefe tippst, bevor ich sie unterschreibe.« Das sollte ein vertraulicher Scherz sein, aber erinnerte Sibylle plötzlich wieder an die Probleme bei der Verflechtung zwischen Privatem und Beruflichem.

»Ich weiß nicht, wie das morgen im Büro mit uns funktionieren soll«, antwortete sie daher zögernd.

»Also ganz einfach: Ich sage »Guten Morgen, Sibylle. Bringst du mir bitte meine Post?« Und du antwortest mit: »Guten Morgen, Mario. Dein Kaffee heute Morgen bei dir zu Hause war köstlich. Soll ich dir jetzt einen hier im Büro brühen?«. « Mario sah sie mit einem jungenhaft erwartungsvollen Blick an.

Abrupt hörte Sibylle auf zu tanzen. »Lass uns bitte zum Platz zurückgehen«, bat sie.

Als sie wieder am Tisch angekommen waren, hatte sich Sibylle ein wenig gesammelt. »Also gut, Mario. Aber das mit dem Kaffee bei dir zu Hause - das geht nicht. Ich will keine Affäre.«

»Habe ich von einer Affäre gesprochen? Ich will dich nicht nur für eine Nacht.« Mario war ernst und seine Stimme dunkel und stark - genauso, wie er sich immer seinen Kaffee wünschte.

Wie gerne hätte sich Sibylle an ihn angekuschelt, wie gerne seine vollen Lippen geküsst. Aber sie durfte jetzt einfach nicht schwach werden. »Wenn ich mal eine Beziehung mit einem Partner eingehen sollte, dann nur, wenn man sich auch außerhalb des Bettes gut versteht.«

»Das tun wir doch.« Mario schien sie nicht verstehen zu wollen oder zu können. »Wir arbeiten schon viele Wochen tagtäglich miteinander und haben gute und schlechte Tage hinter uns gebracht. Ich bilde mir ein, dich gut genug zu kennen, dass ich dir eine lange und interessante Beziehung garantieren kann.«

In Sibylle bohrte die Frage nach Sandra Lindau, mit der er täglich die höchst unterhaltsam scheinenden Mittagspausen verbrachte. Was war mit ihr? »Ich denke einfach, dass wir uns bis jetzt nur beruflich kennen gelernt haben. Vielleicht bin ich privat eine eifersüchtige, ewig nörgelnde Partnerin mit einem zwanghaften Ordnungsdrang?«

Mario lachte laut auf. Dann stand er auf, hockte sich vor Sibylle, die auf dem Stuhl saß, und gab ihr einen kurzen Kuss auf den Mund. »Ich bin mir absolut sicher, dass du das nicht bist. Und falls doch, so werden wir einen Weg finden. Zur Not werde auch ich zum Ordnungsfanatiker.«

Sibylle fiel es bei so viel Wärme schwer, seine Mittagspausenbeziehung anzusprechen. Aber es musste sein. »Der Geschäftsführer in der Firma wird nicht gerade begeistert sein, wenn wir zusammen sind. Frau Schirak ist heute Morgen gekündigt worden, weil sie in ihren Chef verliebt ist. Zudem ist bekannt, dass du mit Sandra Lindau zusammen bist.« So, nun war es raus.

Mario, der immer noch vor ihr hockte, lachte leise auf. »Gib nie was auf Gerüchte, Sibylle! Nein, ich bin definitiv nicht mit Sandra zusammen. Wir haben nur - sagen wir mal - gemeinsame Interessen. Die Kündigung von Frau Schirak ist bedauerlich, aber basiert auf verschiedenen Vorkommnissen. Sie hatte vorher eine Affäre mit dem Buchhaltungsleiter, sie ließ sich dann in die Reklamationsabteilung versetzen, nachdem sie ihn auf der letzten Betriebsweihnachtsfeier mit einem Mitarbeiter betrogen hatte. Als sie jetzt noch den Leiter der Reklamationsabteilung verführen wollte, reichte es verständlicherweise wohl auch dem Geschäftsführer und Herr Vollmer konnte sie entlassen.«

»Das wusste ich gar nicht«, wunderte sich Sibylle.

»Wie auch. Du bist doch auch erst vor ein paar Wochen in unser Unternehmen gekommen.«

Sibylle wagte es nicht, jetzt weiter nach den »gemeinsamen Interessen« mit Sandra zu fragen. Für sie war die Sicherheit ihrer Stelle und Marios Verhältnis zu Sandra noch immer nicht zufrieden stellend geklärt, aber sie hoffte, dass sich diese Unsicherheit zu einem anderen Zeitpunkt klären würde. Daher antwortete sie erst einmal ausweichend: »Das stimmt allerdings. Vielleicht sollten wir das mit uns erst einmal langsam angehen.«

Mario stupste Sibylle mit dem Zeigefinger an ihre Nasenspitze. »Keine Sorge, ich werde dich schon zu nichts zwingen, was du nicht selber willst.«

Nachdem sie ein raffiniert zubereitetes Dessert gegessen hatten, bot Mario Sibylle an, sie nach Hause zu fahren. Sie nahm sein Angebot gerne an. Er hatte nur ein Glas Wein getrunken, wogegen sie im Laufe des Abends vier Gläser Rotwein zur Beruhigung genossen hatte und sich bereits ein wenig beschwipst fühlte.

Schweigen saß sie im Porsche neben ihm und bestaunte die bunten Lichter, die sie verschwommen am Auto vorbeirasen sah, während Mario sie durch die noch immer belebten Straßen der Stadt nach Hause fuhr.

»Soll ich dich noch hochbringen?«, fragte Mario sie sehr liebevoll, als er sein Auto direkt vor dem Eingang ihres Wohnhauses geparkt hatte.

»Nein, danke! Den Rest schaffe ich schon«, beeilte sich Sibylle zu sagen. Sie sah ein enttäuschtes Aufflackern in Marios Gesicht. Er schnallte sich dennoch ab und plötzlich näherte sich sein Mund dem ihren. Bevor sie in ihrem durch den Alkohol leicht betäubten Zustand reagieren konnte, küsste er sie bereits weich und sanft. Sibylle gab es vorübergehend auf, gegen sich und ihre Gefühle anzukämpfen, sondern ließ seinen Kuss geschehen. Er wurde immer fordernder und leidenschaftlicher. Mit Ungeduld knöpfte er ihre dünne Jacke auf und Marios linke Hand huschte bereits unter ihren Pulli. Sibylle wollte protestieren, brachte jedoch dann doch nicht die Kraft auf, das Verlangen ihres Körpers nach ihm zu unterdrücken. Obwohl sie sonst immer so viel Wert darauf gelegt hatte, sich in der Öffentlichkeit höchst anständig und keineswegs anstößig zu verhalten, so war ihr in diesem intimen Moment mit Mario völlig egal, ob jemand anderes dies sah oder Anstoß daran nahm. Nur noch sie und er zählten und sie erwartete voller Sehnsucht sein Vorantasten auf ihrer nackten Haut und die Erfüllung ihres Verlangens.

Doch plötzlich richtete sich Mario auf und grinste sie an. »Also, Schatz. Das alles und noch viel mehr kannst du von mir haben, wenn du es mal nicht mehr langsam angehen lassen willst.«

Wütend über sein arrogant-neckendes Verhalten, konterte Sibylle: »Gut, dass du jetzt aufgehört hast. Ich habe schön befürchtet, dass du nun doch weitergehst, als ich es will.«

»Sibylle, ich spüre, dass du mir auch näher sein willst. Ich verstehe einfach nicht, warum du noch Zeit brauchst und mich zurückweist. Aber ich werde nie etwas von dir fordern, was du nicht auch willst.« Marios Augen waren jetzt ernst und traurig. Kein Necken und keine Wärme waren mehr darin zu erkennen.

Sibylle tat es unendlich leid, dass sie so handeln musste. Nicht nur sie selbst litt darunter, sondern auch Mario. Diese Situation war so verworren und Sibylle hatte so viel zu verlieren, wenn sie die Liebe zuließe. Ihr Job könnte erheblich wackeln, wenn sie sich mit ihrem Chef einließe und ihre Arbeit würde ihr zudem erheblich schwerer fallen. Was war, wenn er Sandra nicht verlieren wollen würde? Dann stand sie ständig dazwischen oder am Rande bei Mario und Sandra. Zudem konnte er nahezu alle Frauen in der Firma bekommen, sei es nun für eine feste Beziehung oder eine Affäre. Wollte er gerade sie, weil sie sich weigerte, mit ihm ins Bett zu gehen? Alles wirbelte in ihrem Kopf durcheinander. Sibylle konnte sich nicht vorstellen, warum er gerade sie hätte haben wollen und vertraute seinen Aussagen daher nicht. Erst einmal brauchte sie Klarheit, ehe sie sich endgültig auf Mario einlassen könnte.

Als Sibylle am nächsten Morgen die große Eingangshalle ihres Arbeitgebers betrat, rief die junge Empfangsdame Viola Radecki sie gleich zu sich heran.

»Frau Miraki, ich habe hier eine Nachricht von Ihrem Chef Herrn Pirsten an Sie.«

Verwundert nahm Sibylle den Umschlag entgegen, den ihr die Empfangsmitarbeiterin mit offensichtlicher Neugierde entgegenhielt. Sibylle riss ihn gleich auf und las die kurze, kühle, handgeschriebene Notiz auf dem Zettel: »Ich muss heute Morgen noch etwas Dringendes erledigen. Die zu bearbeitenden Akten habe ich auf deinen Tisch gelegt. Ich bin voraussichtlich am späten Vormittag wieder im Büro. Mario.«

Sibylle schluckte. Das klang nicht mehr nach dem warmen Mario des gestrigen Abends. Da sprach vielmehr der distanzierte Chef, der sich korrekterweise noch an sein angebotenes »Du« erinnerte und diese vertraute Anrede anständigerweise noch beibehielt. Zum Glück hatte sie am gestrigen Abend nicht noch mehr Nähe zugelassen. Sie musste doch verrückt gewesen sein, tatsächlich zu glauben, dass Mario, dem alle Frauen zu Füßen lagen, gerade ihr ernsthaft eine Beziehung angeboten haben sollte. Die heutige Notiz von ihm zeigte, dass er sie an seinem Leben keineswegs teilhaben lassen wollte und voller Geheimnisse steckte.

Wütend zerriss Sibylle den Briefumschlag und den Zettel und warf die Papierschnipsel in den Papierkorb an dem Empfang.

»Schlechte Nachrichten?«, fragte Viola Radecki nun, weiterhin bemüht, interessante Neuigkeiten zu erfahren. Sie saß wieder hinter ihrer Empfangstheke und machte offensichtliche Anstalten, noch einmal zu Sibylle herüberzugehen.

»Nein, im Grunde beinhaltete die Nachricht eine eher unwichtige Mitteilung«, beeilte sich Sibylle daher zu antworten. »Mein Chef kommt heute erst etwas später ins Büro zurück, mehr nicht.«

»Vielleicht hat das mit der Sandra Lindau aus der Reklamationsabteilung zu tun, mit der er sich immer in der Kantine trifft«, vermutete die junge Empfangsdame.

»Wie kommen Sie darauf?« Sibylles Herz schlug schmerzhaft. Also schienen Mario und Sandra Lindau doch mehr zu verbinden, als er ihr gestern weismachen wollte. Es war wohl es mehr als nur gemeinsames Interesse, was die Freundschaft zwischen Mario und Sandra stärkte?

»Heute hat Sandra Lindau eine Bescheinigung eingereicht, dass sie schwanger ist.«

Sibylle wankte plötzlich. »Woher wissen Sie das denn?« Sie hoffte, dass es sich nur um ein unwahres Gerücht handelte oder eine wilde Vermutung. Es konnte doch nicht sein, dass Mario sie gestern verführen wollte, obwohl seine schwangere Freundin zu Hause auf ihn wartete.

»Herr Vollmer hat sofort eine interne Stellenausschreibung an das schwarze Brett für die Mitarbeiterinformation hängen lassen. Sie wissen sicher, das schwarze Brett für Mitarbeiter hinter der Säule dort. Eine Stelle sei dauerhaft und eine andere befristet für eine Mitarbeiterin im Mutterschutz zu besetzen. Als ich ihn direkt danach fragte, meinte er nur, dass Sandra Lindau bereits im fünften Monat schwanger sei und es ihm erst heute erzählt hätte. Da Sandra Lindau nicht verheiratet ist und noch keinem von einem Freund erzählt hat, weiß man auch nicht, wer der Vater ist. Kurz danach rannte dein Chef Mario Pirsten hastig aus dem Gebäude, nachdem er mir nur noch schnell den Zettel für dich in die Hand gedrückt hatte. Was hat Herr Pirsten nur plötzlich so Eiliges zu erledigen?«

Sibylle konnte ihren aufkommenden Brechreiz nur schwer unterdrücken. Viola Radecki wollte genau das verdeutlichen, was Sibylle auch glaubte. Mario war der Vater von Sandra Lindaus Baby. Wie konnte Mario nur wagen, sie so zu betrügen und zu hintergehen? Jetzt klärte sich auch die Frage nach den gemeinsamen Interessen. Sie lagen vermutlich in den Vorlieben im Bett und im gemeinsamen Kind.

Etwas in Sibylles Inneren protestierte jedoch noch immer: »Mario hat dir erst gestern gesagt, dass er eine feste Beziehung mit dir eingehen will. Am gestrigen Abend war er so liebevoll und rücksichtsvoll zu dir gewesen. Würde er dies tun, wenn er ein glücklich werdender Vater wäre? Sein plötzliches Verlassen des Unternehmens könnte viele Ursachen haben. Es muss nicht die Schwangerschaft von Sandra Lindau sein.«

Sibylle wagte nicht, dem eifrigen Widerspruchsgeist im Herzen zu trauen. Wenn er Unrecht hatte, würde sie erneut verletzt. Besser wäre für sie, die Liebe zu Mario zu begraben. Wenn es ihr nur nicht so weh getan hätte! Dennoch riss sich Sibylle zusammen und lächelte verkrampft: »Leider kann ich Ihnen auch nicht sagen, warum er nochmal zu übereilt das Büro verlassen hat. Vielleicht ist gerade ein kurzfristiger Kundentermin per Telefon vereinbart worden? Sollte es Sandra Lindau und Mario Pirsten betreffen, so ist das ihre Privatsache. Ich muss jetzt aber los, heute wartet viel Arbeit auf mich. Danke für die Nachricht, Frau Radecki!«

Sibylle fiel erst so richtig in sich zusammen, als sie in der Damentoilette Zuflucht gefunden hatte. Heulend hatte sie sich in der Kabine eingeschlossen und ließ ihren Tränen freien Lauf. Warum nur war Mario so eiskalt und hatte sie so unfair betrogen? Was hatte er davon, erst ihr Herz mit aller Macht erobern zu wollen und sie dann zu verletzen? Gehörte er zu den Männern, die ihr Selbstbewusstsein dadurch aufbauen konnten, dass sie die Frauen ihretwegen zum Leiden brachten?

KAPITEL 8

Nach ein paar Minuten hatte sich in Sibylle ein Plan festgesetzt. So konnte sie mit Mario nicht mehr zusammenarbeiten. Die schöne Arbeitsstelle gab es mit und bei ihm nicht mehr für sie. Also musste sie für sich sorgen und das Beste aus der Sache machen. Schließlich hatte auch sie bewusst mit dem Feuer gespielt, als sie sich auf ihn eingelassen hatte. Nun musste sie ihre Narben selber verarzten und sich in Sicherheit bringen.

Mit eiserner Miene schminkte sie sich erneut am großen Spiegel an dem Becken in der Damentoilette und betrat eine halbe Stunde zu spät ihr Büro, in dem schon Herr Vollmer, der Leiter der Reklamationsabteilung, wartete.

»Guten Morgen, Herr Vollmer!«, begrüßt ihn Sibylle ein wenig erschrocken.

»Guten Morgen, Frau Miraki. Hat ihr Vorgesetzter heute Urlaub? Ich wollte eigentlich zu ihm.«

»Er hat einen wichtigen Auswärtstermin heute Morgen. Herr Pirsten wird allerdings versuchen, bis 11.00 Uhr wieder im Hause zu sein.«

»Ok, dann muss ich wohl so lange warten«, antwortete Herr Vollmer halb scherzhaft, halb ungeduldig.

»Geht es um etwas Wichtiges? Kann ich Ihnen vielleicht weiterhelfen?«, fragte Sibylle wie eine pflichtbewusste Sekretärin, auch wenn sie gedanklich nicht bei der Sache war.

»Nun ja, wenn Sie Lust hätten, als meine persönliche Sekretärin in meine Abteilung zu wechseln, wäre ich Ihnen sehr dankbar.« Herausfordernd schaute Herr Vollmer sie an.

Sibylle zuckte zusammen. In der Damentoilette hatte sie genau diesen Plan gefasst. Sie musste von Mario weg und bei Herrn Vollmer wurden Mitarbeiterinnen gesucht. Auch wenn die Tatsache, dass er Frau Schirak entlassen hatte, Sibylle doch ein wenig vor ihm warnte, erschien ihr die Möglichkeit, intern zu ihm zu wechseln, die beste Lösung.

»Im Grunde würde ich gerne für Sie arbeiten, Herr Vollmer. Aber Sie suchen doch nur Reklamationssachbearbeiter und keine Sekretärin?«

»Bisher hatte ich keine direkte Sekretärin, denn Frau Lindau hatte diese Tätigkeiten übernommen. Wie Sie vielleicht von Herrn Pirsten schon hörten, ist sie jedoch schwanger.

Unter den gegebenen Umständen weiß sie auch nicht, ob sie sofort weiterarbeiten wird, wenn sie das Kind bekommen hat.«

Noch einmal bekam Sibylle hier die Bestätigung, dass Mario mit Sandras Kind etwas zu tun hatte. Sie wünschte nur noch, sich schnellstmöglich aus dieser unmöglichen Situation befreien zu können. Sibylle dachte mit Schrecken daran, dass sie Mario heute schon wieder sehen würde. Sie hatte sich selbst in diese Hölle hineinbefördert. Da half kein Jammern, sie musste sich da wieder mit eigenen Kräften herausziehen.

»Ich habe sehr viel Gutes über Ihre Abteilung gehört, Herr Vollmer. Also, wenn Sie eine Sekretärin suchen, betrachten Sie mich als Ihre erste Bewerberin.«

»Wirklich, Frau Miraki? Das freut mich sehr! Ich denke, unsere Zusammenarbeit wird fantastisch funktionieren.«

Sibylle wunderte sich sehr über seine offene Begeisterung. Herr Vollmer war als ein sehr emotionaler Vorgesetzter bekannt, der sowohl mit Lob, als auch mit Tadel nicht geizte. Das erklärte auch seine spontane Kündigung, als ihn eine Mitarbeiterin bedrängte. Einen plumpen Verführungsversuch brauchte er bei ihr nicht zu befürchten. Wenn sie eins bei ihrer beginnenden Beziehung mit Mario schmerzhaft gelernt hatte, dann, dass berufliche und private Gefühle strengstens voneinander getrennt werden sollten.

»Bedeutet das, dass ich die Stelle bei Ihnen bekomme?«, fragte Sibylle vorsichtig nach. »Sicher. Ich kläre dann nachher mit Ihrem Vorgesetzten, ab wann er sie frei geben wird.« Herr Vollmer war für Sibylles Geschmack ein wenig zu forsch.

»Herr Vollmer, es ist nett von Ihnen, dass sie alles regeln wollen. Allerdings würde ich dies gerne vorab mit Herrn Pirsten selbst besprechen. Ich denke, das wäre der korrekte Weg.«

»Das stimmt natürlich, Frau Miraki. Sagen Sie mir Bescheid, sobald ich alles Weitere regeln kann.« Herr Vollmer hielt ihr die Hand entgegen, als würden sie gerade wie in alten Zeiten den Vertrag mit Handschlag besiegeln.

»Einen schönen Tag noch, Herr Vollmer. Ich melde mich dann schnell bei Ihnen.« Sibylle ging alles zu langsam. Am liebsten hätte sie Mario oder vielleicht besser wieder: Herrn Pirsten, gar nicht mehr gesehen. Aber ihr Stolz siegte. Wenigstens sie wollte sich bis zum Ende anständig und korrekt verhalten haben.

Nachdem Herr Vollmer mit einem Lächeln gegangen war, fuhr Sibylle ihren Computer erst einmal hoch. Mario hatte einen Berg Akten auf ihren Tisch gelegt. Jede davon war, wie er es immer tat, mit gelben Zetteln versehen. Auf den Notizen war vermerkt, was damit gemacht werden sollte und worauf zu achten war. Sie erschrak bei der Menge der Arbeit, die heute auf sie wartete. Gerade an diesem Tag würde sie sich gar nicht konzentrieren können. Sibylle überlegte einen Moment, sich krankzumelden, aber das entsprach nicht ihrer Art. Sie würde den Tag überstehen und sich keine Blöße geben.

KAPITEL 9

Völlig ohne Freude versuchte sie, Akte für Akte zu bearbeiten, Kunden anzuschreiben und Telefonate entgegenzunehmen sowie die Gespräche vollständig zu notieren. Mit viel Mühe gelang es ihr endlich, sich etwas mehr auf die Arbeit zu konzentrieren, als plötzlich ihre Tür aufgerissen wurde. Schon am Schwung, mit dem die Türklinke heruntergedrückt wurde, erkannte sie ihren Vorgesetzten.

Mario stürmte ins Zimmer, mit zerzausten Haaren und einer kleinen Tüte mit einem Apothekenaufdruck in der Hand. »Es ist doch später geworden. Erst einmal: Guten Morgen, Sibylle. Wie schön, dass man sich auf dich verlassen kann.«

»Guten Morgen, Herr Pirsten. Ich glaube in Anbetracht der Umstände wäre es für alle Beteiligten besser, wir blieben bei dem Sie«, entgegnete Sibylle hart, obwohl ihr Herz vor Schmerz zu zerspringen drohte. »Es sind ein paar Anrufe für Sie eingegangen, es war aber nichts Eiliges darunter. Wenn Sie nachher mal

Zeit haben, würde ich auch gerne wegen einer betrieblichen Angelegenheit mit Ihnen sprechen.«

Mario stand wie versteinert in der noch immer offenen Sekretariatstür. »Ich verstehe dich nicht ganz. Was ist plötzlich los? »In Anbetracht der Umstände«? Was meinst du damit?«

Sibylle stand jetzt auf: »Ich bin noch Ihre Sekretärin und es geht mich überhaupt nichts an, was Sie in Ihrer privaten Zeit machen. Allerdings möchte ich nicht mehr mit hineingezogen werden. Keine Verabredungen mehr, keine nicht ernst gemeinten Beziehungsangebote und vor allem keine Affäre. Nun sollte ich mich dringend der vielen Arbeit hier zuwenden.«

»Sibylle, was ist los? Ich habe alles durchaus ernst gemeint, was ich dir gestern Abend gesagt habe.« Mario war so erschüttert, dass er zum ersten Mal völlig hilflos wirkte. Er rührte sich noch immer nicht von der geöffneten Sekretariatstür weg.

Sibylle bekam nun doch Mitleid mit ihm und wollte ihm offen erklären, warum sie wieder auf das Siezen bestand. »Sie haben gesagt, dass Sie mit Sandra Lindau...« Aber genau in diesem Moment stand Sandra in der offenen Sekretariatstür hinter Mario.

»Mario, sind das meine Medikamente in der Tüte?«, frage Sandra Lindau mit ungeduldiger Stimme. Ebenso schwang ein leichter Vorwurf mit, der Sibylle sofort an einen Ehestreit eines länger verheirateten Paares erinnerte. Offensichtlich hatte Sandra Lindau erwartet, dass Mario Pirsten zuerst bei ihr vorbeiginge, um die Medikamente pflichtbewusst abzuliefern.

»Ja, in der Apothekentüte sind deine Medikamente.« Mario nickte geistesabwesend, während er noch immer fassungslos Sibylle anstarrte.

Sandra drängelte sich an Mario vorbei und nahm ihm die Apothekentüte aus der Hand. »Das ist so lieb von dir, Mario. Ich habe kein Auto und ich hätte es kaum nach der Arbeit geschafft, das Rezept von der Frauenärztin einzulösen. Außerdem geht es mir auch nicht so gut und je früher ich die Pillen einnehme, umso besser.«

Nun kam Mario langsam zu sich. »Ja, Sandra, die Medikamente brauchst du dringend. Das Baby soll gesund auf die Welt kommen«, antwortete er halbherzig.

»Mario, wir sehen uns in der Kantine heute Mittag. Da lade ich dich dann dafür ein. Hoffentlich wird mir nicht wieder schlecht.« Sandra verschwand wieder, ohne Sibylle eines Blickes oder Grußes gewürdigt zu haben.

Sibylle ärgerte sich jedoch nicht darüber, denn sie konnte Sandras Reaktion auf sie gut verstehen. Sandra war schwanger, ihr war offensichtlich häufig schlecht und der Vater ihres Kindes verabredete sich mit anderen Frauen.

»Was wolltest du gerade noch gesagt haben?«, fragte Mario nach. Er hatte noch immer diese enorme Anziehungskraft auf Sibylle, wie er mit zerzaustem dunkelbraunem Haar und groß aufgerissenen, ebenso dunkelbraunen Augen im Türrahmen stand. Mario strahlte so viel Männlichkeit und Vertrauen aus. Das musste ein Ende finden.

»Herr Pirsten, ich wollte Ihnen nur noch mitteilen, dass ich mich als Sekretärin für Herrn Vollmer in der Reklamationsabteilung beworben habe. So wie es aussieht, möchte Herr Vollmer mich schnellstmöglich einstellen.« Sibylles Ärger über Marios Betrug ließ ihr die Nachricht locker über die Lippen kommen.

»Sibylle, warum?«

»Ich heiße Frau Miraki für Sie. Zudem möchte ich Sie darum bitten, den gestrigen Abend mit all seinen Vorkommnissen zu vergessen.« Jetzt klang Sibylles Stimme nahezu flehend.

»Sibylle, ähm, Frau Miraki, das kann ich nicht einfach so vergessen. Sie bedeuten mir sehr viel. Bin ich Ihnen gestern zu nahe getreten? Habe ich Sie irgendwie beleidigt? Warum wollen Sie nicht mehr für mich arbeiten? Ist Ihnen die Arbeit zu viel bei mir? Bitte sagen Sie mir, was Ihnen nicht gefällt. Man findet doch für alles eine Lösung.« Mario wirkte wie ein kleiner Junge und strahlte das Testosteron eines erwachsenen Mannes aus. So machte er es Sibylle immer schwerer, ihm weiterhin zu widerstehen und seinem kindlichen Flehen nicht zu erliegen.

»Nein, Herr Pirsten, leider gibt es für manche Probleme keine Lösung. Gewisse Dinge kann man nicht mehr rückgängig machen und über Verletzungen muss man dann einfach hinwegkommen.« Sie hoffte, dass man ihre die Verzweiflung nicht zu deutlich anhörte.

Mario stellte sich plötzlich aufrecht hin und nahm die Haltung eines Vorgesetzten ein. »Ich merke, dass ich Sie sowohl bei Ihrer privaten als auch bei Ihrer beruflichen Entscheidung nicht umstimmen kann. Ich bedaure das in beiden Fällen außerordentlich. Aber Sie haben natürlich das Recht, mich und mein Sekretariat zu verlassen. Ich werde Ihren Entschluss akzeptieren. Sie können die Arbeitsstelle wechseln, wann immer Sie wollen. Ich werde Ihnen keine Steine in den Weg legen. Sollten Sie sich jedoch noch umentscheiden, so steht sowohl mein Herz als auch mein Büro für Sie offen.« Damit drehte er sich um und ging in sein Chefbüro, ohne eine Antwort von ihr zu erwarten.

Mühsam hielt Sibylle die Tränen zurück. Was hatte sie erwartet? Sandra war von Mario schwanger und er konnte nicht anders reagieren. Sie hätte auch keine Affäre mit einem werdenden Vater eingehen wollen. Es gab tatsächlich keinen anderen Weg, als ihn und sein Vorzimmer zu verlassen.

Sie wählte die interne Rufnummer von Herrn Vollmer.

»Ja, Frau Miraki?«

»Herr Vollmer, ich habe mit Herrn Pirsten gesprochen. Er ist damit einverstanden, dass ich schnellstmöglich die Stelle bei Ihnen als Sekretärin antrete. Sie können jetzt gerne mit ihm sprechen, wenn Sie wollen.«

»Das freut mich außerordentlich, Frau Miraki. Ich werde heute Nachmittag mit ihm über die Einzelheiten Ihres Wechsels sprechen.«

Als Sibylle auflegte, dachte sie nur noch: »Das war's mit meinem höchst interessanten Job, der mir so viel Spaß machte. Gestern besaß ich ihn noch und heute, nachdem ich gestern Abend meinem Vorgesetzten nähergekommen bin, ist mein Traumjob bei meinem Traumchef nur noch Vergangenheit.«

KAPITEL 10

Kurz vor der Mittagspause rief Miriam, eine Mitarbeiterin aus der Reklamationsabteilung, bei Sibylle an. Mit Miriam ging sie gelegentlich mal in die Kantine, wenn es ihr Aktenberg im Sekretariat ermöglichte.

»Hallo Sibylle. Hast du Lust mit mir in die Kantine zu gehen? Wie ich hörte, sind wir in Kürze enge Mitarbeiterinnen in der Reklamationsabwicklung. Das freut mich sehr.«

Die Nachricht von Sibylles Stellenwechsel war offensichtlich schon wie ein Lauffeuer in der Firma herumgegangen.

»Ja, das ist richtig. Bald sind wir Abteilungsmitarbeiterinnen, Miriam«, antwortete Sibylle sehr knapp. Sie konnte ihren Stellenwechselwunsch unmöglich offiziell begründen. Was sollte sie sagen: Die Arbeitsstelle war zu stressig, der Chef zu streng oder die Atmosphäre im Vertrieb zu belastend? Nichts davon hätte wirklich der Wahrheit entsprochen. Die Arbeit als Sekretärin für Mario Pirsten war einfach nur traumhaft schön gewesen, wenn man nicht den Fehler gemacht hätte, sich in ihn zu verlieben. Sibylle beneidete ihre Nachfolgerin und wünschte ihr, dass sie nicht ihren Fehler wiederholen würde.

»Dein Anruf kommt heute wie gerufen. Ich bin richtig hungrig«, log Sibylle. Aber sie wollte die Mittagspause nicht alleine im Büro verbringen, während sich Mario mit der Mutter seines Kindes traf.

»Prima, dann bis gleich!«

Punkt 12:30 Uhr stand Miriam vor der Sekretariatstür von Sibylle und klopfte. Schnell sperrte Sibylle ihren Computer, schloss den Schrank mit der Sekretariatskasse ab und ergriff ihre Handtasche. Mario war schon vor zehn Minuten zum Essen in die Kantine gegangen.

»Ich finde das so toll, dass du die Sekretärin von Herrn Vollmer wirst. Er ist zwar oft aufbrausend, aber ein herzensguter Mensch. Außerdem packt er einen nicht so fürchterlich mit Arbeit voll, wie es dein bisheriger Chef getan hat.« Miriam plapperte meistens die ganze Mittagspause und aß daher kaum etwas. Aber für Sibylle war das eine Erholung, denn sie erfuhr viel und brauchte sich selbst im Gespräch nicht anzustrengen. Zudem mochte sie die herzensgute Miriam wirklich sehr.

»Nun ja, viel Arbeit gab es bei Herrn Pirsten schon, aber es hat auch unheimlich Spaß gemacht«, rutschte es Sibylle heraus.

»Warum willst du dann zu Herrn Vollmer wechseln? Kamst du mit Herrn Pirsten nicht klar?«

Verdammt, da hatte sich Sibylle unbedachterweise verraten. Sie merkte, wie sehr sie bedauerte, die Stelle bei Mario aufgeben zu müssen. Aber irgendeinen Grund würde sie den nachfragenden Mitarbeiterinnen schon geben müssen. »Herr Pirsten ist ein toller Chef. Dennoch wollte ich lieber in der Reklamationsabteilung als im Vertrieb arbeiten, denn dort habe ich viel mehr Erfahrung. Meine letzte Stelle war auch im Kundenreklamationsbereich«, begründete Sibylle daher ihren Wechselwunsch halbherzig. Doch die gutgläubige Miriam nahm ihr die Begründung ab. Sibylle entspannte sich.

Als sich Sibylle und Miriam beide einen großen Salatteller mit einer Tomatensuppe ausgesucht und an einem Zweiertisch etwas abseits von dem Kantinenrummel Platz genommen hatten, begann Miriam wieder das Gespräch: »Herr Vollmer sagte, er habe bereits mit Herrn Pirsten über deine Versetzung geredet.«

»Mir sagte Herr Vollmer, dass er Herrn Pirsten erst am Nachmittag ansprechen wollte«, wunderte sich Sibylle.

»Herr Pirsten hat ihn wohl angerufen und gesagt, er könne dich sofort haben. Er war wohl ziemlich sauer, dass du dich wegbeworben hast.« Miriam dachte sich nichts dabei, ihre Kenntnisse herauszuplaudern.

»Das kann gut sein. Begeistert war Herr Pirsten jedenfalls nicht, als ich ihm sagte, ich ginge in eine andere Abteilung«, erinnerte sich Sibylle.

»So ähnlich hat sich mein Chef auch ausgedrückt«, bestätigte Miriam. »Zumindest kannst du bereits ab nächste Woche bei uns arbeiten.«

»Das wusste ich noch gar nicht«, staunte Sibylle. »Mal schauen, wann man mich darüber auch mal informiert.«

»Ach, du kennst doch unsere Informationswege. Jeder weiß es, nur nicht der Betroffene selbst.« Miriam wunderte sich offensichtlich nicht über den Umweg, den Sibylles Versetzungstermin machte.

»Hat man dir schon gesagt, wer deine Nachfolgerin bei Herrn Pirsten wird?«, fragte Miriam weiter.

»Nein, ich habe Herrn Pirsten erst heute mitgeteilt, dass ich gehen werde. So schnell geht das dann wohl doch nicht mit meiner Nachfolge«, behauptete Sibylle in der Gewissheit, dass keine arbeitswillige und entsprechend qualifizierte Sekretärin so kurzfristig zur Verfügung stände. Zu ihrem Schrecken musste sich Sibylle jedoch eines Besseren belehren lassen.

»Du weißt aber auch gar nichts«, kicherte Miriam. »Wenn du zu uns die Reklamationsabteilung kommst, wirst du solche Informationen schneller erhalten. Wir alle quatschen gerne und halten uns mit Neuigkeit nicht hinterm Berg.«

Sibylle schreckte zurück. Sie hatte Mario und Sandra entdeckt, die nicht weit von ihnen ebenfalls an einem Zweiertisch saßen. Mario hatte die Hand auf Sandras Arm gelegt. Er redete nahezu väterlich auf Sandra ein, der Tränen die Wangen herunterliefen. Sibylle war sich inzwischen bereits sicher, dass sie beiden ein Paar waren, dennoch bohrte sich dieser Anblick wie ein Speer durch ihren Körper. Es tat ihr weh, die beiden so vertraut zu sehen. Gestern Abend war Mario zu ihr so nah, so liebevoll, so ehrlich gewesen. Zumindest hatte es in der Romantik des gestrigen Abends so auf Sibylle gewirkt. Es war eine Lüge von Mario gewesen, aber das mit Sandra wirkte tatsächlich viel realer. Sie trug sein Kind unter seinem Herzen und das war das Greifbarste überhaupt.

»Bist du denn gar nicht neugierig, wer zukünftig unter den Aktenbergen deines Chefs leiden wird?«, bohrte Miriam weiter.

»Hast du eine Ahnung, wer es werden könnte?«, fragte Sibylle mehr höflich als wirklich interessiert nach. Schlimmer als dieser Anblick, Sandra Lindau und Mario als vertrautes Pärchen zu sehen, konnte es nicht mehr werden. Jedoch auch in diesem Punkt irrte sich Sibylle.

»Ich weiß es bereits«, freute sich Miriam darüber, auch bei diesen Nachrichten Sibylle voraus zu sein.

»Dann sag doch, wer es ist.« Sibylle wollte es nicht wissen. Sie wollte sich nicht vorstellen müssen, wie ihre Nachfolgerin womöglich dasselbe Schicksal ereilte wie sie selbst. Mario schien mit jeder Frau, die für ihn schwärmte, zu spielen und sie verführen zu wollen. Da wäre bei der nächsten Sekretärin vermutlich auch nicht anders.

»Gut, ich spann dich nicht länger auf die Folter. Es ist Sandra Lindau.«

Noch ein Schlag in die Magengrube, der saß. Wie viele Schläge wollte Mario Sibylle noch verpassen, ehe sie mit ihm würde abschließen können?

»Sandra Lindau? Die ist doch nicht mehr lange hier, ehe sie ihr Baby bekommt. Ob sie danach in Erziehungsurlaub geht oder weiter arbeitet, ist meinem Wissen nach doch noch nicht geklärt. Zudem wird sie niemals die Überstunden machen können, wie es bei der Arbeit in der Vertriebsabteilung nötig ist«, sprudelte es aus Sibylle heraus. Im Grunde ihres Herzens wusste sie, warum gerade Sandra ihre Nachfolgerin war. Sibylle wusste auch, dass Sandra niemals diese Überstunden würde machen müssen. Sie hatte einen Sonderstatus für Mario. Sandra war die Mutter seines Kindes!

»Du bedauerst sehr, deine jetzige Stelle zu verlassen, obwohl du dich selbst auf die Stelle in unserer Abteilung beworben hast. Dafür kann es nur einen Grund geben: Du liebst Mario Pirsten. Habe ich Recht?«, Miriam hatte die Frage sehr leise gestellt und das Mitleid war deutlich in ihrem Gesicht zu lesen.

»Nein, verdammt, ja, du hast Recht«, Sibylle konnte die Tränen kaum noch zurückhalten. Der Verlust von Mario, von ihrer Traumstelle und von ihren Hoffnungen schmerzte unerträglich. Aber am Schlimmsten war, dass sie das alles auch noch selbst verschuldet hatte. Nun wurde sie für ihre eigene Dummheit bestraft und das zu Recht.

»Das tut mir so leid für dich.« Miriam stand spontan auf und drückte Sibylle an sich. »Komm zu uns, wir sind eine nette, entspannte Frauentruppe. Wenn du dich deinem Chef Herrn Vollmer nicht gerade aufdringlich an den Hals schmeißt, wird es dir gut bei ihm gehen.«

Als Miriam sie wieder losließ, sah Sibylle, dass Mario zu ihr herüberblickte. Seine Augen stellten Fragen, seine Haltung verriet Unsicherheit und seine Hand lag nicht mehr auf Sandras Arm. Sibylle schaute weg. Mario hatte sich entschieden und sie musste das Gefühl der Nähe zu ihm vertreiben.

»Miriam, meinst du, wir könnten noch einen kleinen Spaziergang anhängen oder bekommst du Ärger, wenn du die Mittagspause um fünfzehn Minuten überziehst?«, fragte Sibylle spontan.

»Nein, Ärger gibt es nur, wenn wir unsere Arbeit nicht schaffen. Ich sagte doch, Herr Vollmer ist nicht der übelste Chef. Nur bisher wolltest du immer pünktlich wieder im Büro sein.«

»Das war einmal!«, grinste Sibylle. »Lass uns mal einen kleinen Marsch in der kühlen Luft machen. Das ist gesund und vertreibt dunkle Gedanken.«

KAPITEL 11

Als Sibylle fast um eine halbe Stunde verspätet wieder in ihrem Sekretariatsbüro auftauchte, stürmte Mario sofort ins Zimmer.

»Frau Miraki, Sie werden bald in eine Abteilung wechseln, wo vielleicht andere Sitten herrschen. Solange Sie noch bei mir sind, und das ist bis nächsten Montag, werden Sie Ihre Arbeitszeiten pünktlich einhalten.«

»Das ist sehr gut, dass Sie mich doch noch über den Zeitpunkt informieren, an dem ich versetzt werde. Im Übrigen bin ich auch sehr erleichtert, dass Sie die Pünktlichkeit und Ordnungsmäßigkeit der Arbeitszeiten ansprechen.« Sibylle holte zum nächsten Schlag aus. »Dann habe ich dem Geschäftsführer heute Morgen wohl eine korrekte Auskunft gegeben, als ich ihm versicherte, Sie seien während Ihrer Arbeitszeit rein betrieblich auswärts tätig.« Sibylle genoss die Mimik in Marios Gesicht. Sie wechselte von wütend zu verwirrt. Bevor Mario zu einer Antwort ausholte, spielte Sibylle noch ihren Trumpf aus: »Eine Frage hätte ich noch zu meinen Überstunden. Ich wusste leider bisher nicht, dass Sie so großen

Wert auf die pünktliche Einhaltung meiner Arbeitszeit legen. Ich habe in den letzten Wochen erhebliche Überstunden geleistet. Da ich in ein paar Tagen in eine Abteilung wechsle, bitte ich daher um Verrechnung oder Auszahlung der Überstunden. Eine Liste meiner tatsächlichen Arbeitszeiten kann ich Ihnen gerne zukommen lassen, da ich sie täglich im PC ordnungsgemäß festgehalten habe.« Damit drehte sich Sibylle um. Mario würde sie nicht klein bekommen. Lieber würde sie an gebrochenem Herzen sterben, als dass er mitbekäme, wie sehr sie litt.

»Sibylle, warum das alles? Ich verstehe die Entwicklung mit uns einfach nicht. Ich dachte gestern Abend noch, wir wären jetzt zusammen?« Mario hatte seine Augen fragend aufgerissen. Warum hatten attraktive Männer immer die Fähigkeit, überzeugend den ahnungslosen Jungen zu spielen, wenn man verärgert war? Sibylle musste fast lachen, als ihr klar wurde, wie sehr Mario sie bisher manipuliert hatte.

»Mario, dein Problem ist wohl, dass du uns Frauen nicht zuhören willst.« Unbedachterweise hatte Sibylle doch wieder auf das »Du« gewechselt. Sie zuckte zusammen, als sie das nachträglich bemerkte. Im Grunde kam es darauf jedoch auch nicht mehr an. In ein paar Tagen würde sie Mario kaum noch begegnen.

»Was bitte habe ich nicht mitbekommen?« Mario schien tatsächlich ratlos. Aber anstatt auf die Antwort zu warten, ging er auf Sibylle zu und nahm sie in den Arm. »Heute in der Kantine ging es dir schlecht. Was ist los?«

Sibylle konnte ihre Tränen nicht mehr zurückhalten. Es war zuviel geschehen in den letzten vierundzwanzig Stunden. Sie lehnte sich an Mario an und hoffte darauf, dass ihr Herz mal einen Herzschlag lang nicht schmerzen würde. Aber sie wusste, dass die Umarmung nur eine schöne Illusion von einer heilen Welt mit Mario war.

Sibylle stieß Mario nach einem kurzen Moment weg. »Mario, bitte lass mich gehen und mach es uns nicht noch schwerer.«

»Sibylle, du hast Recht, du hast sehr viele Überstunden gemacht. Wenn du möchtest, steht es dir absolut zu, jetzt sofort nach Hause zu gehen. Es liegt nichts Wichtiges an. Montag werde ich einen kurzfristigen Ersatz bekommen.«

»Ich weiß«, murmelte Sibylle. Er hatte noch nicht einmal den Mut, ihr persönlich zu erzählen, dass es Sandra sein würde. »Danke dir, Mario. Ich fühle mich tatsächlich nicht gut. Vermutlich hat mich ein Grippevirus erwischt oder so etwas. Ich nehme dein Angebot gerne an und werde nach Hause gehen.«

Mario nickte mit sorgenvollem Gesicht. »Wenn du irgendetwas benötigst, wie Medikamente oder Tees, dann melde dich bitte bei mir.«

Sibylle schüttelte verneinend den Kopf, nahm ihre Handtasche und verließ ihren Traumarbeitsplatz mit ihrem geliebten Chef endgültig.

Am folgenden Montag trat Sibylle gefasster und sogar ein wenig hoffnungsvoll die Stelle als Sekretärin bei Herrn Vollmer an. Lange Spaziergänge, viele heiße Entspannungsbäder und ausgiebiger Schlaf hatten sie ein wenig beruhigt und Sibylle darin bestärkt, dass es auch andere interessante Stellen ohne Mario gäbe.

»Hey, da ist endlich meine Lieblingssekretärin. Ich hoffe, Sie kochen guten, starken Kaffee. Dann können Sie bei mir schon nichts mehr verkehrt machen.« Mit dieser herzlich gemeinten, aber dennoch für Sibylle zu kumpelhafter Begrüßung ihres neuen Chefs schwanden ihre Hoffnungen auf einen anspruchsvollen Sekretariatsjob dahin. Das Schönste an dieser neuen Stelle war die Zusammenarbeit mit den anderen Sachbearbeiterinnen in der Reklamationsabteilung.

Sie saß als Herrn Vollmers Sekretärin nicht mehr in einem ihm angeschlossenen Sekretariatsbüro, sondern im Großraumbüro mit den anderen sieben Mitarbeiterinnen der Abteilung zusammen. Es war zwar ein turbulentes, manchmal ziemlich lautes Durcheinander, aber die Stimmung war hervorragend. Sämtliche Mitarbeiterinnen waren herzensgut und es wurde trotz oder vielleicht auch wegen der oft unangenehmen Auseinandersetzungen mit den unzufriedenen Kunden viel gelacht und fest zusammengehalten.

Für ihren Vorgesetzten Herrn Vollmer musste sie nicht viel arbeiten. Gelegentliche Briefe nach Diktat und das Entgegennehmen von Anrufen in seiner Abwesenheit genügten ihm völlig, sodass sie ihren Mitarbeiterinnen oft zur Hand gehen konnte. Auch diese Arbeitsstelle hatte ihren Reiz auf Sibylle, denn die kollegial-freundliche Zusammenarbeit gab ihr das Gefühl, eine Familie gefunden zu haben. Überstunden waren nicht mehr nötig. Dennoch fehlten ihr die aufregende Arbeit in dem Vertriebssekretariat sowie die leistungsfordernde Motivation eines Vorgesetzten. Die tägliche Spannung, ob und wann ein Großauftrag vom Kunden einginge, hatte sie im Vertriebssekretariat auf eine ganz besondere Weise mit dem Unternehmen verbunden. Die Reklamationsabteilung war dagegen unspektakulär. Die unzufriedenen Kunden waren nach ganz bestimmten Regeln zufrieden zu stellen. Es gab keine Spannung in der Arbeit und wenn man gelernt hatte, die Beleidigungen der Kunden an sich abprallen zu lassen, stieg noch nicht einmal mehr der Adrenalinspiegel bei besonders unverschämten Kunden.

Da Sibylle die Kantine mied und lieber mit Miriam in den Mittagspausen spazieren ging, traf sie Mario vorerst nicht wieder. Auch Mario hatte sich bei ihr nicht mehr gemeldet. Sibylle ging es langsam wieder besser, obwohl ihr Herz immer noch schmerzte, wenn sie an ihn dachte. Aber langsam gelang es ihr öfter, mal eine Zeit lang nicht an Mario und ihrem einzigen Date in den letzten Monaten zudenken.

KAPITEL 12

Zwei Monate nachdem sie die Abteilung gewechselt hatte, rief Herr Vollmer sie in sein Büro. Meistens bedeutet dies für Sibylle, dass er einen Kaffee wünschte, sie den Sitzungstisch für eine Kundenbewirtung decken sollte oder er ihr einen Brief diktieren wollte. Mit einem Notizblock und einen zuverlässig schreibenden Stift ausgerüstet, betrat Sibylle den Raum ihres Chefs Herrn Vollmer.

»Frau Miraki, ich hätte eine Bitte an Sie«, begann Herr Vollmer ein wenig verlegen das Gespräch.

»Gerne, um was geht es?«

»Der Firma ist ein wichtiger Kunde abgesprungen. Die Leiter der Fachabteilungen wurden nun vom Geschäftsführer gebeten, uns an einem Wochenende in einem abgelegenen Hotel zusammenzusetzen, um ungestört die Ursache sowie Lösungsstrategien für zukünftig ähnliche Fälle zu entwickeln. Die jeweiligen Sekretärinnen werden ebenfalls gebeten, mitzukommen, um Protokolle mit den wichtigen Punkten für die jeweilige Abteilung zu verfassen.« Herr

Vollmer war es offensichtlich unangenehm, sie darum zu bitten, mitzufahren.

»Herr Vollmer, ich fahre gerne mit, wenn Sie mich danach fragen wollten. Die Geheimhaltung ist für mich natürlich selbstverständlich.«

»Das ist sehr schön, Frau Miraki, aber das war leider nur die halbe Bitte.« Herr Vollmer schluckte nochmals. »Mir wäre es auch lieber, ich müsste Sie nicht darum bitten, aber wir alle in dieser Firma ziehen doch an einem Strang. Die Sekretärin von Herrn Pirsten ist bereits im siebten Monat schwanger und er kann sie daher unmöglich dem Stress an dieser Wochenendbesprechung aussetzen.« Herr Vollmer holte wieder tief Luft.

»Also soll ich zudem das Protokoll für Herrn Pirsten schreiben?«, schlussfolgerte Sibylle aus den Informationen, die sie gerade von ihrem Chef erhalten hatte. Jetzt sollte sie auch noch für Marios schwangere Freundin die Arbeit erledigen, weil er sie schützen wollte. Sie konnte diese Aufgabe nicht zurückweisen, so gerne sie es auch gewollt hätte. Sibylle galt als hoch motiviert und jederzeit bereit, für den Arbeitgeber Mehrarbeiten oder Überstunden zu leisten. Wie hätte sie da diese Bitte ihres jetzigen und ehemaligen Chefs ablehnen können, ohne weitere peinliche Rückfragen zu riskieren?

»Ja, das wäre toll, wenn Sie uns beide bei dieser wirklich wichtigen Konferenz unterstützen würden!«, atmete Herr Vollmer erleichtert auf.

»Für Sie mache ich das natürlich selbstverständlich und auch sehr gerne, Herr Vollmer. Ich sehe ein, dass diese Besprechung für die Firma sehr wichtig ist, und werde daher natürlich ebenso gerne für eine schwangere Kollegin einspringen.« Sibylle hatte keine andere Wahl, als ihre Unterstützung anzubieten, wenn sie weiterhin als leistungsbereite Sekretärin gelten wollte.

Sibylle wusste, dass diese Dienstreise, während der sie vorübergehend wieder als Sekretärin von Mario arbeiten würde, sehr viel Stärke von ihr abverlangte. Mario war offensichtlich mit der hochschwangeren Sandra zusammen und Sibylle konnte das Date mit ihm einfach nicht vergessen. Für das Konferenzwochenende müsste sie dann so tun, als sei nie etwas zwischen ihr und Mario gewesen. Sibylle hoffte nur, dass er nicht wieder versuchen würde, sie zu verführen.

KAPITEL 13

Die Konferenz verlief noch schlimmer, als Sibylle es sich während ihrer schlaflosen Nächte zuvor ausgemalt hatte. Ihr jetziger Chef wachte nahezu eifersüchtig darüber, dass sie nur das Protokoll für seine eigene Reklamationsabteilung anfertigte. Wenn Mario Sibylle bat, sie möchte für ihn während der Besprechung sein Handy überwachen und wichtige Gespräche notieren, mischte sich Herr Vollmer ein. »Herr Pirsten, ich glaube, Frau Miraki wird nicht gleichzeitig zwei Besprechungsprotokolle erstellen und noch zusätzlich die Anrufe von zwei Cheftelefonen entgegennehmen können.«

Mario zwinkerte Sibylle sehr vertraut zu, die verlegen zu Boden schaute. Sie fühlte sich sehr unwohl als Streitobjekt der beiden offensichtlich miteinander rivalisierender Männer.

Mit ruhiger Stimme antwortete Mario: »So, wie ich Sibylle in den letzten Monaten in meinem Vorzimmer kennen gelernt habe, bekommt sie noch mehr als das geregelt.«

»Sibylle?« Herrn Vollmers Erschütterung über die vertraute Anrede zwischen ihr und Mario, die auf einen engeren persönlichen Kontakt schließen ließ, war deutlich erkennbar.

Grinsend klärte ihn Mario auf: »Wir haben uns immer hervorragend verstanden, nicht war, Sibylle?«

Sibylle spürte, dass sie nun vom Streitobjekt zum Spielball aufgestiegen war. Ihre Chefs wetteiferten darum, wer enger mit ihr zusammengearbeitet hatte. Sie konnte doch unmöglich so wichtig für ihre Vorgesetzten sein? Vermutlich war es tatsächlich nur ein Wettkampf unter Männern, bei dem es darum ging, wer seine Sekretärin am besten an sich binden konnte. Sibylle hätte Mario am liebsten eine Ohrfeige für seine Dreistigkeit verpasst, sie in solch eine peinliche Lage zu bringen. Ein »Nein« von ihr würde Herrn Vollmer auf Probleme zwischen ihr und Mario hinweisen. Ein »Ja« wäre ebenso völlig unangebracht, denn dann konnte sie ihren Wunsch nach dem Stellenwechsel nicht mehr erklären.

Sibylle kochte vor Wut, während sowohl Herr Vollmer als auch Mario offenkundig noch immer auf eine Antwort von ihr warteten.

Sibylle wusste, dass sie ausweichend antworten musste. »Mario, gerade du solltest als Vertriebsleiter wissen, dass nicht alles Gold ist, was zu glänzen scheint.« Auch wenn Sibylles Stimme zornig klang, so hoffte sie dennoch, dass sie mit dieser im Grunde nichts aussagenden Antwort dieser peinlichen Situation möglichst unbeschadet entkommen könnte.

Mario lachte schallend auf: »Was Sibylle soeben andeuten wollte, war, dass es privat so kleine »Aufs und Abs« bei uns gab. In einem der »Abs« hatte sie sich spontan und ohne die weitere Entwicklung abzuwarten fürs Flüchten in Ihr Büro entschlossen, Herr Vollmer.«

Sibylle war wie vom Donner gerührt. Niemals hätte sie damit gerechnet, dass der im Beruf so überlegte und verstandesmäßig handelnde Chef sie so ausspielen würde. Sie holte tief Luft und antwortete betont ruhig: »Mario, selbst wenn es so wäre, wie du es dir jetzt zurechtlegen willst, hatte ich dich nie für so unprofessionell gehalten, Privates im beruflichen Rahmen öffentlich zu diskutieren.«

Mario wurde schlagartig ernst, während Herrn Vollmers Gesicht anzumerken war, dass er das Gespräch von ihnen noch immer mit viel Neugierde verfolgte.

Herr Vollmer räusperte sich, als Mario nicht mehr darauf reagierten schien: »Heißt das, dass ihr mal ein Paar wart oder es noch seid?«

»Nein!«, protestiert Sibylle, ehe Mario überhaupt Luft holen konnte. »Wir waren nie zusammen.« Sie ging, ohne eine Erwiderung abzuwarten, die sie noch tiefer in ein Beziehungsgerücht verstricken könnte, zum Getränkebuffet der Sitzung. Sibylle brauchte ganz dringend einen starken, heißen Kaffee. Am liebsten hätte sie sich jetzt mit Sekt betrunken und alle ihre Enttäuschungen, ihren Liebeskummer und die Peinlichkeiten heruntergespült. Es wartete jedoch mal wieder die Arbeit. Gleich würde die Besprechung weitergehen, bei der Sibylle weiterhin für zwei rivalisierende Chefs arbeiten musste.

KAPITEL 14

Todmüde stellte sich Sibylle um 18:00 Uhr unter ihre Dusche im kleinen aber gemütlich eingerichteten Hotelzimmer. Gleich musste sie noch am gemeinsamen Abendessen der Mitarbeiter teilnehmen. Hoffentlich benahmen sich Mario und Herr Vollmer zumindest bei diesem Treffen anständig und wetteiferten nicht wieder um sie als Prestigeobjekt. Sibylle hoffte nur, dass Mario ihren guten Kontakt zueinander nicht auch an diesem Abend zum Thema machen wollte.

Als Sibylle sich gerade die Haare geföhnt und Make-up für den Abend aufgelegt hatte, klopfte es an ihrer Hoteltür. Sie schaute verwundert auf ihre Armbanduhr, die sie auf den Nachttisch gelegt hatte. Sibylle hatte sich nicht verspätet, sodass sie keiner holen musste. Das gemeinsame Abendessen sollte erst in einer halben Stunde beginnen.

»Wer ist da?«, fragte Sibylle durch die geschlossene Tür, denn sie war auch noch nicht angezogen.

»Ich bin's, Herr Vollmer. Ich wollte Sie zum Abendessen abholen.«

»Es ist doch fast noch eine halbe Stunde bis zum Treffen«, wunderte sich Sibylle.

»Ich habe eine Flasche Sekt dabei, weil ich mit Ihnen vorher noch etwas besprechen möchte.« Herr Vollmers Stimme wirkte drängelnd, wenn auch ein wenig unklar.

Sibylle beschlich plötzlich ein ungutes Gefühl. Was gab es denn Betriebliches zu besprechen, wofür man die Sekretärin mit einer Flasche Sekt im Hotelzimmer aufsuchen musste? Dennoch blieb Sibylle nichts anderes übrig, als ihren derzeitigen Vorgesetzten hereinzubitten. »Einen kurzen Moment brauche ich noch, Herr Vollmer. Ich muss mich vollständig anziehen.« Sibylle vernahm ein Kichern hinter der noch geschlossenen Hotelzimmertür und fragte sich, wie viel Alkohol Herr Vollmer bereits getrunken haben musste.

Als Sibylle endlich angekleidet und gestylt war, öffnete sie ihre Hotelzimmertür. Erstaunt betrachtete sie ihren Vorgesetzten, der im schwarzen Anzug mit einem modernen altrosa Hemd sowie einer zurückgekämmten Gelfrisur durchaus attraktiv männlich wirkte. War Sibylle etwa der Grund, warum sich Herr Vollmer so herausgeputzt hatte? Für das allgemeine Abendessen im Kollegenkreis reichte ein normaler Anzug oder eine Kombination. Ihr Vorgesetzter wirkte jedoch so, als wollte er auf Frauenfang gehen.

»Darf ich hereinkommen?«, fragte Herr Vollmer, wobei seine geröteten Wangen und die schleppend langsam gestellte Frage tatsächlich auf einen vorherig bereits erfolgten Alkoholkonsum schließen ließen.

»Natürlich, Herr Vollmer«, willigte Sibylle ein, während sie sich bemühte, ihrer Stimme einen betont sachlichen Ton zu verleihen.

Während ihr Vorgesetzter ihr Hotelzimmer betrat, schwenkte er die Flasche Sekt. »Auf eine erfolgreiche Besprechung sollte man doch zuerst mit seiner Sekretärin anstoßen«, erklärte er schon ein wenig lallend.

»Sie scheinen doch schon mit jemand anderem den möglichen Erfolg dieser Konferenz gefeiert zu haben?«, fragte Sibylle vorsichtig an. Sie hatte keinerlei Lust auf etwas anzustoßen, dessen Erfolg noch gar nicht gesichert war. Zudem war es ihr unangenehm, ihren Chef im betrunkenen Zustand zu sehen. Herr Vollmer war dafür bekannt, sehr gefühlsgesteuert reagieren zu können.

»Ich musste den Sekt doch erst einmal vorher probieren, ehe ich ihn Ihnen anbieten konnte.« Herrn Vollmers Zunge schien immer schwerer zu werden. Bei dem Wort »anbieten« waren die Anstrengungen der Aussprache an seiner verkrampften Gesichtsmimik bereits deutlich zu sehen.

»Ich glaube, Herr Vollmer, Sie sollten lieber erst etwas essen, ehe sie diese Flasche öffnen«, versuchte Sibylle sanft auf ihren Vorgesetzten einzureden.

»Essen gibt es erst in einer halben Stunde. Die Flasche Sekt können wir bis dahin noch trinken«, beharrte Herr Volmer auf seinen Vorschlag.

»Na gut.« Sibylle war klar, dass sie ihn nicht von seinem Vorhaben abbringen könnte.

Herr Vollmer öffnete mit einem lauten Knall die Sektflasche, die er in den letzten Minuten ein paar Mal vor seiner Sekretärin hin und her geschwenkt hatte. Etwas von dem Sekt schäumte über den Flaschenrand und tropfte auf den teuren Hotelteppich. Sibylle rannte sofort in ihr Badezimmer, feuchtete ein Handtuch an und versuchte damit, den Sekt aus dem Teppich herauszuwaschen. Sie hatte keine Lust, dass ihr Hotelzimmer wie in einem Bordell nach teurem Sekt roch. Sibylle beschlich so langsam das Gefühl, dass es jedoch genau das war, was ihr Chef wollte.

»Lassen Sie das doch, Frau Miraki. Sekt desinfiziert«, lachte Herr Vollmer, während er bereits den Sekt in den zwei Gläsern auf der Minibar eingoss.

»Und der Sekt im Teppich stinkt vermutlich noch die ganze Nacht«, murmelte Sibylle leicht verärgert vor sich hin. Einen Moment musste sie an Mario denken. Ihm wäre so ein Missgeschick niemals passiert. Er wusste stets, wie er sich in der Öffentlichkeit angemessen zu verhalten hatte.

Wusste er das wirklich? Seine Bemerkungen über ihr angeblich gemeinsames Privatleben war alles andere als professionell oder anständig gewesen. Dennoch war es mehr, als Sibylle erwartet hatte. Sie hätte nicht damit gerechnet, dass Mario zu ihrem privat guten Verhältnis überhaupt stehen würde.

Wärme durchflutete Sibylle plötzlich. Mario hatte öffentlich davon gesprochen, dass ihr Verhältnis über das berufliche Maß hinausging. Während sie noch weiter den Sektfleck auf dem Teppichboden bearbeitete, musste sie jedoch plötzlich auch an Sandra denken.

Ein Schmerz durchzog Sibylles Herzgegend. Welches doppelte Spiel trieb Mario mit ihr und Sandra? Aber sie hatte keine Zeit, sich weiter über Mario zu ärgern, denn Herr Vollmer rief sie schon zu sich heran. »Hey, schöne Frau, wollen Sie nicht mit mir auf mehr Aufträge und weniger Reklamationen trinken?«

Sibylle erschrak, als sie sah, dass er sich auf ihre Bettkante gesetzt hatte. Sie hatte ein sehr ungutes Gefühl. Jetzt folgte ihr Vorgesetzter ihr sogar bis ins Bett, auch wenn es nur die Bettkante im Zimmer eines Tagungshotels war. Sie schluckte und wusste einen Moment nicht, wie sie geschickt reagieren sollte, ohne ihn und damit das zukünftige Arbeitsklima zu verletzen.

Sibylle stand auf und räusperte sich. »Herr Vollmer, am besten wäre doch, wir stoßen mit den anderen beim Abendessen darauf an. Schließlich muss und will jeder Einzelne seinen Teil zu dem Betriebserfolg beitragen.«

»Gute Idee, erst stoßen wir hier und dann mit den anderen an. Doppelt hält besser!« Herr Vollmer rutschte ein wenig zur Seite, um Sibylle zu signalisieren, dass sie sich neben ihn setzen sollte.

Sie zog sich jedoch lieber einen Stuhl heran und sagte nichts mehr dazu. Herr Vollmer schüttete zittrig den Sekt in die Wassergläser, die er über der Zimmerbar gefunden hatte. Sibylle wunderte sich, dass diesmal nichts von dem Sekt überschäumte, denn sehr konzentriert schien ihr Vorgesetzter nicht mehr zu sein. Wortlos reichte er ihr das etwas vollere Glas und hob seines zum Anstoßen.

»Wissen Sie, Frau Miraki. Ich finde es für die enge Zusammenarbeit eines Chefs mit seiner Sekretärin sehr förderlich, wenn sie einen vertrauensvollen Umgang miteinander pflegen.« Herr Vollmer lallte inzwischen. Sibylle kam seine Ansprache wie eine plumpe Anmache in den heutigen amerikanischen Sitcoms vor, wobei sie diese Situation überhaupt nicht lustig fand. »Ich habe vorhin mitbekommen, dass sie ihren ehemaligen Chef, den Herrn Pirsten, duzten. Gerne würde ich diese Gewohnheit übernehmen. Also, ich bin der Matthias.«

Sibylle verschlug es die Sprache. Wenn sie sich nach dieser auswärtigen Besprechung im Büro dann duzten, würde sie ganz schnell den Ruf bekommen, sich mit ihren Chefs einzulassen. Wenn sie sein Angebot jedoch nicht annähme, wäre er vermutlich zutiefst beleidigt und bei seinen häufigen

Gefühlausbrüchen könnte ihr Leben im Büro dann ziemlich schwierig werden.

»Vielleicht«, begann Sibylle daher vorsichtig, ihr »Nein« vorzubereiten, »wäre es nicht vorteilhaft, für uns beide, wenn jeder sofort von unserer engen Zusammenarbeit erfahren würde. Nur als neutrale Sekretärin kann ich den Kontakt zu Ihren anderen Angestellten viel ungezwungener pflegen, als wenn sie hören, dass ich meinen und ihren Chef duze.« Da Herr Vollmer noch immer nicht reagierte und sie stattdessen nur mit großen Augen anstarrte, spielte sie ihr Hauptargument aus: »Ich kann Ihnen nur eventuell wichtige Informationen von unserem Reklamationsbüro zukommen lassen, wenn ich als eine von ihnen angesehen werde.«

Auch wenn Sibylle es hasste, ihn mit solch einer Lüge vom Duzen abhalten zu müssen, freute sie sich über seine plötzlich positive Reaktion. »Ja, da haben Sie Recht, Frau Miraki.« Herr Vollmer holte tief Luft. »Aber das muss uns doch nicht davon abhalten, uns vertraulich zu verhalten, wenn wir uns ohne die anderen treffen.« Sibylle schluckte. Nun hatte er die Katze aus dem Sack gelassen. Er wollte dasselbe von ihr wie Mario. Wieso schien sie ihre Chefs in dieser Firma zu Affären zu ermuntern?

»Herr Vollmer, ich danke Ihnen für Ihr Vertrauen und das Angebot, uns zu duzen. Ich weiß das wirklich sehr zu schätzen, zumal ich jetzt weiß, dass Sie mir vertrauen und mit meiner Arbeit vollkommen zufrieden sind. Dennoch halte ich nichts davon, Privates und Berufliches zu vermischen, egal, wie gerne ich den anderen mag.« Sibylle hoffte sehr, dass ihr Chef den abmildernden letzten Nebensatz in seinem benebelten Zustand nicht falsch verstand.

»Ach, Frau Miraki, stellen Sie sich nicht so an. Ihre Vorgängerin hätte alles dafür getan, mal einen Abend so eng mit mir zu verbringen, wie ich es Ihnen jetzt anbiete.« Ärger schwang in Herrn Vollmers Stimme mit.

»Dafür haben Sie sie aber auch gekündigt.« Nun reichte es auch Sibylle. Ohne von dem Sekt getrunken zu haben, stand sie auf und stellte das Glas auf den Tisch. »Mich bekommen Sie als Sekretärin und als sonst nichts anderes.«

Nun stand auch Herr Vollmer auf. Er stand mit einer leicht bedrohlichen Miene vor Sibylle und zischte sie an: »Ich biete Ihnen eine enge Zusammenarbeit an und Sie lehnen das ab? Ich schätze, das kann man problemlos als Arbeitsverweigerung auslegen.« Er machte eine bedeutungsvolle Pause, in der er hoffte, Sibylle wäre nun williger. »Also kannst du es dir jetzt nochmal überlegen, ob du einfach nur nett zu mir bist und deinen Job behältst oder wieder auf Arbeitssuche gehst. Erst verlässt du Herrn Pirsten, dann klappt es mit uns nicht. Ich denke, das ist keine gute Voraussetzung, einen neuen Job zu bekommen und ihn dann auch zu behalten.«

Sibylle musste ihm insgeheim Recht geben. In dieser Firma waren ihre Tage offensichtlich gezählt und woanders würde es auch schwierig werden. Viele Firmen erkundigten sich bei den vorherigen Chefs nach dem Verhalten der Sekretärin. Sibylle musste auf ihr Glück hoffen und jede Stelle annehmen, die sich ihr bot. Wie hatte es nur so weit kommen können in nur wenigen Tagen?

Herr Vollmer, der inneren Gedankengang zu verfolgen schien, nahm sie plötzlich in den Arm. »Siehst du, das tut doch gar nicht weh!«, lallte er Sibylle ins Ohr. Sie schüttelte sich innerlich. Wie weit würde er noch gehen wollen, ehe er bereit war, das Hotelzimmer wieder zu verlassen? Sie spürte Herrn Vollmers Finger, die sich zielsicher an ihrem Büstenhalter zu schaffen machten. »Nein, lassen Sie mich los!«, rief Sibylle panisch. Da klopfte es plötzlich an der Tür.

»Wer immer geklopft hat, soll später nochmal klopfen!«, rief Herr Vollmer.

»Sibylle, bist du auch da?«, fragte die besorgte Stimme von Mario hinter der Tür.

»Ja, bin ich. Geh nicht, Mario. Ich komme sofort.« Ihre Stimme wirkte aufgelöst und war kurzatmig.

»Alles in Ordnung?«, rief Mario.

»Ich bin sofort da!«, reagierte Sibylle nun entschlossener. Plötzlich fühlte sie sich so sicher, dass sie Herrn Vollmer mit wütender Kraft von sich wegdrücken konnte. Im gleichen Moment sprang ihr Büstenhalter auf, den Herr Vollmer gerade noch hatte lösen können.

»Mist«, fluchte Sibylle leise vor sich hin, stürzte aber dennoch in diesem Zustand zur Hotelzimmertür und öffnete sie.

Mario schaute sie mit einem besorgten Gesicht an. Dann wanderte sein Blick auf ihre enge Bluse. Es war deutlich sichtbar, dass ihr Büstenhalter geöffnet und verrutscht war. Sibylle schaute an sich herunter und bekam sofort einen riesigen Schreck. Was sollte er jetzt bloß von ihr halten?

»Nein, Mario, es ist nicht so, wie es scheint.«

Mario grinste nicht, wie er es sonst tat, wenn er sich überlegen fühlte. Stattdessen war seine Stimme eiskalt. »Wie häufig hört man genau diesen Satz in diversen Seifenopern und Serien im Fernsehen? Meistens wissen die Zuschauer jedoch genau, dass es doch so war, wie es schien oder womöglich noch schlimmer. Sibylle, es ist nur deine eigene Entscheidung, mit wem du zusammen sein willst. Ich muss mich dann wohl entschuldigen, euch gestört zu haben. Wenn ich etwas von deiner Entscheidung für Herrn Vollmer gewusst hätte, wäre ich natürlich nicht gekommen. Sibylle, ich habe es ernst mit unserer Beziehung gemeint, aber man bekommt halt nicht immer alles, was man sich wünscht.«

Sibylle stand da, völlig vom Donner gerührt. Er hatte es ernst gemeint? Mit wem? Mit ihr oder mit Sandra? »Weißt du, Mario, ich mag einmal auf dich hereingefallen sein. Das passiert mit Sicherheit nicht noch einmal.«

Wortlos drehte sich Mario um und ging den langen Hotelgang zu den Aufzügen entlang.

KAPITEL 15

Herr Vollmer stand noch immer im Hotelzimmer von Sibylle. Er räusperte sich: »Also, Frau Miraki. Nun ja, ich habe wohl ein wenig zu viel getrunken. Ich mochte Sie immer sehr gerne. Aber wenn Sie und Herrn Pirsten zusammen sind, dann tut mir mein Verhalten sehr leid.«

Sibylle nickte. »Heute Abend ist wohl einiges schief gelaufen, Herr Vollmer. Vielleicht sollten wir das alles vergessen und weitermachen, als sei nichts passiert?«

Herr Vollmer seufzte erleichtert auf: »Ja, das wäre sehr schön. Ich glaube, ich muss mich dann mal bei Ihnen entschuldigen. Es kommt garantiert nicht wieder vor.« Sibylle war sehr erfreut über seine einsichtige Reaktion. Herr Vollmer verhielt sich wieder gefasst und rational. Sie konnte nur noch hoffen, dass er nie wieder solche Übergriffe vornehmen würde.

Herr Vollmer verließ regelrecht ernüchtert Sibylles Hotelzimmer. Die halb leere Sektflasche sowie die Gläser standen auf dem niedrigen Couchtisch. Nervös zog er von außen die Tür ins Schloss, das mit einem lauten Geräusch einschnappte. Damit schloss sich für Sibylle auch die Tür zu einer interessanten, unbelasteten Arbeitsstelle. Beide Vorgesetzten wollten eine Affäre mit ihr und nun war das Verhältnis zu beiden Leitungspersonen sehr angespannt. Wie konnte sie nur in so etwas hereingeraten?

Am liebsten hätte sich Sibylle für den Rest des Aufenthaltes in ein Mauseloch verkrochen. Stattdessen musste sie fünf Minuten später zum gemeinsamen Abendessen im noblen Hotelrestaurant erscheinen und das dann mit geschlossenem Büstenhalter und gefasster Haltung. Wie unter starken Beruhigungsmitteln zog sie sich komplett an, bürstete erneut ihr Haar, legte noch etwas mehr Make-up auf, nahm ihre Tasche und verließ das Hotelzimmer. Sibylle würde sich nicht feige abmelden. Sie würde den Abend durchstehen und vielleicht würde es leichter werden, als sie befürchtete.

Leider musste sie jedoch bei ihrem Erscheinen im Restaurant feststellen, dass die Situation noch verkrampfter wurde, als sie vermutet hatte. Herr Vollmer hatte sich wegen eines angeblich verdrehten Rückens vom Essen abgemeldet. Pflichtbewusst nahm sich daraufhin Mario seiner Vertretungssekretärin an. Sofort bat er ihr den Stuhl neben sich an. Sibylle hätte nichts Schlimmeres passieren können. Mario unterhielt sich vorwiegend mit der blonden, jungen Sekretärin des Marketingleiters auf seiner linken Seite. Die Pflichtgespräche, die er mit Sibylle führte, galten vorwiegend dem servierten Menü und ihrer neuen Tätigkeit bei Herrn Vollmer. Auch, wenn er Sibylle weiterhin duzte, so war Marios Stimme trotzdem eiskalt und äußerst formell. Sie suchte in seinen Augen nach der früheren Wärme oder Zuneigung, aber er schien nichts mehr für sie zu empfinden.

»So ernst hat er es also mit mir gemeint, dass er beim ersten Problem sofort das Interesse an mir verliert. Aber letztlich ist ihm Sandra mit seinem Kind natürlich wichtiger«, schlussfolgerte Sibylle. Sie wusste nicht, ob seine eiskalte Stimme oder sein scheinbarer Betrug mehr schmerzte. Mit dem letzten bisschen Kraft hielt Sibylle die Tränen zurück, lachte heiter und unterhielt ihren Tischnachbarn, den Personalchef des Unternehmens.

Nachdem das gemeinsame Essen nach ihr endlos erscheinenden knapp drei Stunden beendet war, schlich Sibylle in ihr Hotelzimmer und wusste, dass sie eine kummervolle, schlaflose Nacht vor sich haben würde.

KAPITEL 16

Den Mangel an Schlaf, auf den ihre dunklen Augenränder hindeuteten, konnte Sibylle am nächsten Morgen wirkungsvoll mit einer besonders dicken Schicht Make-up überdecken. Ihre Müdigkeit kam ihr auch gelegen, denn so konnte sie sich nur noch auf eine Sache konzentrieren, wobei die Protokollführung Vorrang hatte. Am späten Nachmittag traten Sibylle sowie die anderen Sitzungsteilnehmer die Heimfahrt an. Die Konferenz war bedeutsam für das Unternehmen und daher sehr anstrengend für die Entscheidungsträger gewesen. Herr Vollmer hatte Sibylle sowohl auf der Hin- als auch auf der Rückfahrt in seinem Auto mitgenommen. Er war äußerst höflich, aber die Spannung zwischen Sibylle und ihm war dennoch deutlich zu spüren. Sie hoffte nur noch, dass sich die Lage im Laufe des Arbeitsalltags entspannen würde.

Einige Wochen verhielt sich Herr Vollmer tatsächlich noch reserviert und seine Gefühlsausbrüche in jeder Hinsicht nahmen völlig ab. Als er jedoch nach knapp zwei

Wochen in das Reklamationsbüro stürzte und rief: »Frau Miraki, gerade erfahre ich, dass ein Großkunde schon zwei Mal angerufen hat. Warum haben Sie mir nichts davon erzählt? Sie wissen doch, wie wichtig er für unser Unternehmen ist«, freute sich Sibylle mehr über sein normales Verhalten, als dass sie sich über seine Rüge ärgerte. Natürlich hatte sie Herrn Vollmer darüber informiert, aber sie war erleichtert, dass das Chef-Sekretärinnen-Verhältnis zumindest halbwegs wiederhergestellt zu sein schien.

Mario hingegen meldete sich überhaupt nicht mehr bei Sibylle. In der Kantine, die sie gelegentlich mit Arbeitskolleginnen aufsuchte, sah sie ihn stets mit Sandra. Einmal legte er sogar seine Hand auf ihren Bauch und Sandra strahlte. Noch immer konnte Sibylle ihn nicht vergessen und diese Szenen, in denen er ein liebender und fürsorglicher Freund von Sandra war, drückten noch immer ihr Herz schmerzhaft zusammen. Häufig dachte sie daran, die Firma ganz zu verlassen und von den vergangenen Problemen davonzulaufen. Sibylle ahnte jedoch, dass sich Mario sicher nicht so einfach aus ihrem Herz und ihren Gedanken verbannen ließ.

So liefen die Tage mehr oder weniger gleichförmig ab, wobei die netten und warmherzigen Arbeitskolleginnen in dieser Zeit Sibylles schönster Lebensinhalt war.

Ein knappes halbes Jahr nach der unheilvollen Konferenz stach Sibylle an dem schwarzen Mitarbeiterbrett im Unternehmensfoyer ein großer weißer Zettel ins Auge. Auf ihm war mit hellblauer Schrift »Einladung zum Zuwachs« gedruckt. Sibylles Herz schlug schnell und stark, denn sie ahnte, um was es sich handelte.

Langsam näherte sie sich dem Zettel, als auch schon die junge Empfangsdame Frau Radecki auf sie zukam: »Ja, den Zettel hat Herr Pirsten heute aufgehängt. Morgen macht er eine Babywillkommensfeier. Er war ganz aufgeregt und hat mir erzählt, was für kleine Händchen das Baby hat. So viel Begeisterung hätte ich Herrn Pirsten niemals zugetraut.« Die Empfangsdame kicherte.

Mühsam und mit großer Angst vor dem jeweils nächsten Wort las Sibylle den Aushang:

»Einladung zum Zuwachs

Liebe Mitarbeiterinnen und Mitarbeiter,

ich darf Ihnen nun offiziell mitteilen, dass wir einen kleinen Jungen mit dem Namen Tobias in unsere Familie aufnehmen können. Wir heißen ihn ganz herzlich willkommen und ich möchte Sie zu diesem freudigen Anlass gerne morgen Mittag zu einem Mittagsbuffet und einem Gläschen Sekt in den Kantinenräumlichkeiten einladen. Jeder, der dieses wunderbare Ereignis mit uns feiern möchte, ist herzlich willkommen!

Mario Pirsten«

Sibylle war starr vor Schmerz. Noch immer schienen ihr Verlangen und ihre Liebe zu Mario nicht im Geringsten abgenommen zu haben. Seine ungetrübte Freude über sein Baby mit Sandra war zu viel für sie. Ihr wurde schlecht. Die aufmerksame Empfangsdame bekam Sibylles Wanken mit, holte schnell einen der Besucherstühle und besorgte ein Glas Wasser für sie.

Sibylle ließ sich in den Stuhl fallen und trank langsam ein Schluck Wasser. Ihr war der Zusammenbruch peinlich. Daher entschuldigte sich Sibylle mit: »Ich habe momentan zu niedrigen Blutdruck. Ich neigte schon als Jugendliche dazu.«

Die Empfangsdame schaute sie ernst an und sagte: »Wenn Sie nicht zur Feier Ihres ehemaligen Chefs gehen wollen, so wird Ihnen das keiner übel nehmen. Sie haben sich von ihm wegbeworben. Das lässt darauf schließen, dass die Situation zwischen Ihnen und Herrn Pirsten wohl nicht immer so einfach war.«

Sibylle wunderte sich sehr über die Feinfühligkeit der sonst so gesprächigen und oberflächlich wirkenden Empfangsdame. Sie schüttelte jedoch den Kopf. »Nein, das ist kein Problem. Vielleicht sollte ich morgens doch mal einen Kaffee mehr trinken, bis sich mein Blutdruckproblem geregelt hat. Vielen Dank jedoch!«

KAPITEL 17

Als Sibylle an diesem Morgen endlich an ihrem Schreibtisch im Reklamationsbüro saß und langsam die Schubladen aufschloss sowie den Computer hochfahren ließ, musste sie ihre Tränen verbergen. Die Zeit in diesem Unternehmen hatte sie schon so viel Kraft gekostet. Seit Mario sie zu einer Affäre überreden wollte, lief alles schief. Sibylle ging täglich mit Bauchschmerzen zur Arbeit und mied angstvoll jede Feier sowie geplante Besprechungen, an denen er teilnehmen würde. So konnte es nicht weiter gehen. Sie hatte sich ihre Situation durch ihre unvernünftige Liebe zu ihrem Chef selbst eingebrockt, nun musste sie die Konsequenzen ziehen, um nicht völlig daran zu zerbrechen.

Als der Computer endlich hochgefahren war, öffnete Sibylle hektisch das Textverarbeitungsprogramm. Sie erstellte ein neues Dokument mit dem Namen »Kündigung«. Dann tippte Sibylle mit unruhiger Geschwindigkeit den Text zu diesem Brief ein:

»Kündigung

Sehr geehrter Herr Vollmer,

hiermit kündige ich meine Arbeitsstelle als Sekretärin in der Reklamationsabteilung zum schnellstmöglichen Zeitpunkt.

Die Gründe für meine Kündigung sind privater Natur. Die Arbeit bei Ihnen und Herrn Pirsten hat mir stets sehr gut gefallen. Ich bedauere daher, diesen Schritt gehen zu müssen.

Mit freundlichen Grüßen
Sibylle Miraki«

Sibylle druckte den Brief am eigenen Drucker aus. Als das bedruckte weiße Papier im Ausgabeschacht lag, nahm sie es mit einer gewissen Ehrfurcht in die Hand. Dies war also das Dokument, das ihr Leben wieder in ruhigere und vor allem schmerzfreie Bahnen lenken würde. Es würde sie endgültig von dem Unternehmen Sobkranski trennen und die unangenehmen Erfahrungen langsam verblassen lassen. Am meisten wünschte sie sich jedoch, dass Mario endlich ihr besetztes

Herz und ihre durch ihn blockierten Gedanken frei gäbe. Sibylle spürte, dass dieser Entschluss ihre letzte Möglichkeit auf Abstand war. Sie hatte inzwischen ein gut gefülltes Sparbuch, das sie bis zur nächsten Arbeitsstelle über Wasser halten würde. Sibylle las nochmal langsam den Kündigungstext durch und löschte dann spontan den zweiten Absatz. Sie wollte nicht die Gefahr eingehen, noch zum Bleiben überredet zu werden.

Sibylle unterschrieb den Brief und ging langsam auf die Bürotür ihres Vorgesetzten zu. Nachdem sie für ihren Geschmack ein wenig zu zart an die schwere Holztür geklopft hatte, hörte sie ein lautes: »Kommen Sie herein!«

Sibylle atmete einmal tief durch und betrat dann Herrn Vollmers Büro.

»Guten Morgen, Herr Vollmer. Leider muss ich Ihnen diese Kündigung von mir überreichen.« Sie trat an den großen Schreibtisch ihres Chefs, der auf dem Stuhl dahinter saß.

»Kündigung? Frau Miraki, ich glaube, ich habe Sie nicht richtig verstanden.«

Warum machte er es ihr so schwer? »Hier, Herr Vollmer, ist meine offizielle, schriftliche Kündigung.« Sie hielt ihm den gerade geschriebenen Kündigungsbrief hin. Herr Vollmer nahm das Blatt nahezu angeekelt entgegen und ließ seinen Blick kurz darüber schweifen.

»Liegt es an dem, was während der Konferenz geschehen ist? Ich kann Ihnen nur noch einmal versichern, dass es mir unendlich leidtut. So etwas wird nie wieder passieren.«

Sibylle schüttelte den Kopf. »Nein, ich habe vorher und auch danach gerne unter Ihnen und für Sie gearbeitet. Es gibt andere, private Gründe, die diese Kündigung nötig machen.« Sibylle stotterte ein wenig. Es fiel ihr trotz allem schwer, den Arbeitsplatz mit den vielen Arbeitskolleginnen, die ihr sehr ans Herz gewachsen waren, zu verlassen.

»Frau Miraki, da gibt es doch bestimmt auch eine andere Lösung, als zu kündigen. Braucht jemand Ihre Hilfe? Sind Sie krank? Ach, ich will Sie nicht ausfragen oder in Verlegenheit bringen. Ich mache Ihnen einfach mal einen Vorschlag.« Herr Vollmer wirkte geschockt und verzweifelt. Offensichtlich wollte er Sibylle auf keinen Fall verlieren.

Sibylle schwieg. Hoffnung durchflutete sie, dass sie die Arbeitsstelle doch nicht verlassen müsste und gleichzeitig erinnerte sie sich auch an den täglichen Schmerz, Mario und Sandra als Liebespärchen sehen und akzeptieren zu müssen.

»Dank den Veränderungen nach unserer Konferenz damals ist hier in der Reklamationsabteilung viel weniger zu tun als früher. Ich schlage Ihnen daher vor, dass Sie erst einmal Urlaub nehmen und die Überstunden von der Wochenendkonferenz abfeiern. Dann können Sie vorerst drei Wochen zu Hause bleiben. Manchmal hilft ein wenig Abstand und die Zeit, wichtige andere Dinge zu erledigen, um zu erkennen, was man wirklich will. Ich sehe doch, wie verwirrt Sie sind.« Herr Vollmer meinte es tatsächlich gut und Sibylle spürte plötzlich ein starkes Vertrauen ihm gegenüber.

»Vielleicht haben Sie tatsächlich Recht«, reagierte Sibylle halb erleichtert und halb verwirrt.

»Habe ich bestimmt!« Herr Vollmer zwinkerte Sibylle zu. Es war jedoch kein Flirten, sondern eher väterliche Besorgnis. »So, Frau Miraki, nun räumen Sie schön Ihren Tisch auf und geben Sie mir alle Ihre Akten. Ich verteile Sie an Ihre Mitarbeiterinnen. Dann gehen Sie nach Hause und kommen erst in frühestens drei Wochen wieder. Wenn Sie noch mehr Zeit brauchen, rufen Sie mich an. Wir bekommen das dann schon hin.«

»Herr Vollmer, ich weiß nicht, was ich sagen soll. Vielen, vielen Dank!«

»Sie sollen nichts sagen, sondern nur verschwinden!«, lachte Herr Vollmer und wandte sich wieder seiner Arbeit zu.

Sibylle war erleichtert, fühlte sich jedoch auch überrollt. Sie wollte aus diesen Zwängen heraus. Stattdessen hatte sie so viel Verständnis und Entgegenkommen von ihrem Vorgesetzten erhalten, dass sie sich ihm schon wieder verpflichtet fühlte. Dennoch wusste sie, dass Herr Vollmer Recht hatte. Sie brauchte dringend ein wenig Abstand von der Arbeit, den Problemen, den Verwicklungen und vor allem von Mario. Mit der Beurlaubung müsste sie auch an der für sie schmerzhaften Babyfeier von Mario und Sandra nicht teilnehmen müssen, ohne dass sich die anderen wunderten.

Als Sibylle gegen Mittag nach einem ausgiebigen Einkauf zu Hause ankam, holte sie sich eine Decke und ein Kissen, schlich auf das Sofa, schaltete das Fernsehen zur Zerstreuung an und schloss die Augen. Sie wolle nicht denken, nicht grübeln und, vor allem, nichts fühlen.

KAPITEL 18

Nachdem Sibylle drei Tage auf der Couch verbracht hatte, fühlte sie sich langsam ein wenig stärker. So ging es nicht weiter. Sie musste Mario aus ihrem Kopf und ihrem Herzen streichen. Sibylle rief ihre Freundin Marlies an und verabredete sich mit ihr zum Kino mit anschließendem Pizzarestaurantbesuch. Es würde ihr guttun, mit ihr offen über alles reden zu können.

Sie schauten sich einen spannenden Horrorkinofilm an, der Sibylles ganze Aufmerksamkeit fesselte. Auf keinen Fall hätte sie in ihrem momentanen Zustand in einen Liebesfilm gehen können.

Glücklich über diese kurzzeitige Ablenkung scherzte Sibylle die ganze Zeit auf dem Weg zum Restaurant. In der Pizzeria bestellte sie sich als Erstes ein großes Bier. Sie genoss die Entspannung mit ihrer Freundin und fühlte sich kilometerweit von ihren Problemen entfernt.

»Dir scheint die Auszeit von der Arbeit doch sehr gut zu tun, Sibylle. Ich habe dich lange schon nicht mehr so fröhlich gesehen, obwohl ich noch immer dunkle Augenränder um deine Augen erkennen kann. Erzähl mal, warum dich dein Chef nicht mehr sehen wollte.« Ihre Freundin Marlies hatte sich von Sibylles guter Laune anstecken lassen. Dennoch spürte sie, dass Sibylle etwas bedrückte.

»Das ist eine endlos lange Geschichte und eine schmerzhafte dazu. Ich weiß gar nicht, ob ich dir und mir damit den wunderschönen Abend ruinieren will.«

»Komm, Sibylle, erzähl. Wenn du willst, kannst du es ja kurzhalten, aber ich will doch wissen, was meine Freundin so bedrückt.«

»Na gut.« Sibylle erzählte Marlies die ganze Geschichte. Als die bestellten Pizzen serviert wurden, schloss sie mit den Worten: »Passt gut: Die Pizzen kommen und ich schließe die alten Geschehnisse ab.«

»Wenn das nur so leicht wäre«, verstand Marlies gut. »Dein erster Chef, der Herr Pirsten, muss ein ziemlicher Mistkerl sein, dich und Sandra so zu hintergehen. Aber wie heißt es so schön: Die bösen Mädchen bekommen die besten Männer. Umgekehrt haben die untreuen, interessanten Männer wohl auch die größte Anziehungskraft auf uns Frauen.« Sibylle nickte. Antworten konnte sie nicht, denn sie hatte bereits ein riesiges Stück der Salami-Tunfisch-Pizza im Mund.

Plötzlich ertönte dennoch ein dumpfer Aufschrei aus Sibylles Mund. Ungeachtet jeder Höflichkeitsregel deutete sie mit ihrem rechten Zeigefinger auf den Eingang der Pizzeria. Dort betrat eine junge Frau mit einem hübschen gleichaltrigen Mann den Raum. Der Mann hielt ihre Hand und sie lehnte sich kurz liebevoll an ihn an.

»Was ist los?«, fragte Marlies ungeduldig, obwohl sie merkte, dass Sibylle mit dem vollen Mund nicht sprechen konnte.

Überstürzt schluckte Sibylle den Rest herunter und flüsterte atemlos: »Das ist Sandra, die Freundin von Mario.«

»Das kann nicht sein. Der Mann, mit dem sie hier ist, ist so jung. Ich hatte gedacht, Mario sei älter.« Marlies wirkte so, als glaubte sie, Sibylle hätte inzwischen Halluzinationen.

»Mario ist tatsächlich etwas älter als ich. Das dort ist auch nicht Mario, er ist jemand anderes. Entweder betrügt sie Mario oder sie führen eine offene Beziehung. Das würde auch erklären, warum Mario seine Absichten mir gegenüber öffentlich bekunden konnte.« Sibylle konnte es kaum fassen.

»Das ist unglaublich«, stimmte ihr Marlies zu. »Aber unter diesen Bedingungen könntest du jetzt eine Affäre mit Mario beginnen, ohne ein schlechtes Gewissen haben zu müssen«, schlug Marlies mit einem Zwinkern vor.

»Ich lasse mich doch nicht mit einem Mann ein, der gerade glücklicher Vater geworden ist. Er wird vermutlich jede freie Minute mit Sandra und seinem Sohn Tobias verbringen wollen«, protestierte Sibylle.

»Schau mal!«, unterbrach sie Marlies aufgeregt. »Nun küsst diese Sandra ihren Begleiter ganz öffentlich und völlig schamlos.«

»Es ist schon merkwürdig, wie sie sich als junge Mutter benimmt«, stimmte Sandra zu.

»Schau mal, Sibylle, ihr Freund hat dunkle Augenringe und wirkt ein wenig abgemagert. Nimmt er etwa Drogen. Hat Sandra hat auch etwas damit zu tun?« Marlies stellte wilde Vermutungen an, da die Situation zwischen Sandra, ihrem Begleiter und Mario so verwirrend erschien.

Sandra und ihr Freund in der Pizzeria setzten sich an einen Zweiertisch, der bereits gedeckt und offensichtlich vorbestellt war. Die drei Kerzen auf dem Tisch strahlten eine romantische Atmosphäre aus.

»Nach Drogenaustausch und Abhängigkeit sieht das nicht aus«, antwortete Sibylle langsam. »Es wirkt eher wie das Treffen eines Liebespärchens, das sich lange Zeit nicht gesehen hat. Vielleicht ist dieser Mann dort sogar der Erzeuger von Sandras Sohn und Mario ahnt davon gar nichts.« Sibylle spielte aufgeregt mit ihrem Wasserglas, bis ein wenig Flüssigkeit überschwappte.

»Ganz ruhig, Sibylle!«, lachte ihre Freundin. »Mario wird schon wissen, ob es sein Sohn ist. Du sagtest doch immer, er sei sehr klug und würde stets alle Alternativen bedenken. Vielleicht haben sich auch dein Mario und Sandra getrennt und sie hat in ihrem Begleiter dort drüben ihre neue Liebe gefunden.«

»Er ist nicht MEIN Mario!«, protestierte Sibylle ein wenig zu laut. Jetzt hatte Sandra die beiden entdeckt und winkte freudestrahlend zu ihnen herüber.

»Die Sandra ist aber ganz schön dreist«, platzte es aus Marlies heraus. »Sie scheint überhaupt kein schlechtes Gewissen zu haben, einen romantischen Abend mit einem anderen Mann zu genießen, während Mario ihr während der Schwangerschaft stets zur Seite stand.« Marlies' Stimme wurde hörbar zornig.

»Ach, Marlies, lassen wir uns doch unseren Abend nicht von Sandra oder jemand anderem verderben. Wir sollten zahlen und dann in unsere Lieblingskneipe gehen. Einverstanden?« Sibylle hatte noch Marios Untreue vor Augen und konnte Sandra daher nicht verurteilen, auch wenn es ihr im Moment besser getan hätte.

KAPITEL 19

Am nächsten Mittag wachte Sibylle mit einem leichten Kater auf, als ihr Handy schellte.

Noch nicht richtig wach griff sie nach ihrem Mobiltelefon auf dem Nachttisch, klappte es auf und meldete sich mit: »Hallo Marlies, ruf doch bitte später an, ich schlafe noch.«

»Offensichtlich jetzt wohl nicht mehr«, meldete sich eine dunkle Stimme, die Sibylle tatsächlich auf einen Schlag hellwach werden ließ.

»Mario? Woher hast du meine Handynummer?«

Mario lachte ein wenig zu arrogant auf. »Das ist für jemanden wie mich doch kein Problem. Du weißt doch sicher, dass eine Mitarbeiterin aus der Personalabteilung in mich verliebt ist und ich habe sie ...«

»Mario, bitte erspare mir die Ausführungen zu deiner neuesten Verführungstaktik, um an geschützte Daten zu kommen. Was willst du, Mario?« Sibylle hatte einen Moment überlegt, das Gespräch einfach zu beenden, aber schließlich war er mal ihr Vorgesetzter gewesen. Es widerstrebte ihr noch immer, ihn einfach so abzuhängen.

»Ich habe gehört, dass du wegen privater Probleme ein paar Wochen nicht arbeiten gehst. Schön, dass du momentan zu Hause bist. Ich hole schnell ein paar Brötchen und Belag und bin in einer halben Stunde bei dir. Ach ja, du brauchst dich wegen mir nicht anzuziehen.« Ohne eine Antwort abzuwarten, beendet Mario siegessicher das Gespräch.

Fassungslos starrte Sibylle ihr Handy an. Was dachte sich Mario dabei, sie wieder plötzlich zu bedrängen? Sollte sie ihm überhaupt die Tür öffnen, wenn er gleich klingelte? Letztlich besaß er jedoch eine Leitungsposition in dem Unternehmen, für das Sibylle arbeitete. Schon wieder geriet Sibylle in Konflikte, weil sie Berufliches und Privates nicht hatte trennen können. Sie hatte ihren Grundsatz gebrochen und musste nun die befürchteten Konsequenzen austragen, die jedoch nie ein Ende zu nehmen schienen.

Während Sibylle noch überlegte, wie sie verhindern könnte, dass Mario ihre Wohnung betrat und ihre Gefühle wieder aufpeitschte, zog sie sich bereits an. Als ihr Mitarbeiter und ehemaliger Vorgesetzter hatte sie nicht die Wahl, ihm den Eintritt zu verwehren. Sie musste Marios Besuch mit Stolz und vor allem mit Fassung hinter sich bringen.

Sibylle war gerade angezogen und hatte sich ihre Haare hochgesteckt, da schellte schon die Türklingel. Zum Auflegen von Make-up, das die Zeichen des feucht-fröhlichen Vorabends vertuscht hätte, blieb keine Zeit mehr. Sibylle holte einmal tief Luft und ging entschlossen zur Tür, wo sie den elektrischen Türöffner bediente. Sie öffnete ihre Wohnungstür und hörte Marios schnelle Männerschritte, mit denen er die Treppen bis zu ihrem dritten Stock hochstieg. Jeder einzelne seiner Schritte beschwerte ihr Herz mehr. Dieser Besuch konnte Sibylle nur Schmerzen, Demütigungen und einen herben Rückschlag ihrer Gesundung bringen. Aber sie hatte keine andere Wahl.

Plötzlich stand er vor ihr und grinste sie nahezu unverschämt an. Sein offensichtlich frisch aufgelegtes Aftershave vervollständigte seine Erscheinung, die Sibylle und alles um sie herum völlig mit Beschlag belegte. Wie hatte sie jemals denken können, von ihm losgekommen zu sein? Mario schien noch attraktiver geworden zu sein, seit er Vater geworden war. Zu der Arroganz und zielstrebigen Härte seines Auftretens waren weiche Züge in seinem Gesicht zu erkennen. Einen Moment schoss es Sibylle durch den Kopf, wie sich diese neue gefühlvolle Seite von ihm im Bett auswirken würde. Aber sie schüttelte sofort mit dem Kopf, um diesen Gedanken wie eine lästige, stechwillige Wespe abzuschütteln.

»Einen wunderschönen Tag, Sibylle. Warum so sprachlos? Hier«, Mario hielt eine nach Brötchen duftende riesige Bäckereitüte in seiner rechten Hand hoch, »sind die Brötchen. Eine bunte Mischung von Vollkorn-, Körner-, Käse- und anderen Brötchen. In der anderen Hand halte ich eine Plastiktüte mit Käse- und Wurstaufschnitt, Nutella, Marmelade und Honig.« Da Sibylle nur entgeistert auf die beiden Tüten in Marios Händen starrte, ergänzte er noch amüsiert: »Ach, ja. Da ich nicht wusste, ob du überhaupt noch in der der Lage warst, dich irgendwie zu versorgen, habe ich auch noch Butter und Margarine mitgebracht. Falls du kein Kaffeemehl mehr haben solltest, kann ich...«

»Nein, habe ich!«, unterbrach ihn jetzt Sibylle. »Wer soll das denn alles essen? Den Rest kannst du ja dann deiner Freundin mitbringen.«

»Du scheinst ganz schön krank zu sein, Sibylle. Du bist vermutlich im Fieberwahn!«, neckte Mario die völlig verwirrte Sibylle mit zunehmender Freude. »Ich bin jetzt mit all den Sachen bei dir und nicht bei einer anderen Frau. Ich beabsichtige auch, dass wir das alles hier bei dir essen. Wenn wir heute Morgen nicht alles schaffen, essen wir heute Abend weiter oder morgen Früh. Die Brötchen kann man wunderbar aufbacken.«

»Morgen?« Sibylle schreckte zurück. Hatte ihn Sandra herausgeworfen? Brauchte er dringend eine billige Unterkunft? »Das mit Sandra tut mir leid«, quetschte Sibylle somit halbherzig heraus, da es das Einzige war, was ihr im Moment als Erwiderung einfiel.

»Was soll dir da leidtun? Es ist doch alles bestens.« Mario schaute sie mit fragenden Augen an.

»Ich dachte nur... weil... gestern...« Sibylle haderte mit sich. Sie wollte nicht diejenige sein, die ihm sagte, dass Sandra sich gestern mit einem anderen Mann getroffen hatte. Es war nicht ihre Angelegenheit und es ging sie im Grunde nichts an. Mario schaute sie hingegen mehr mitleidig als neugierig an.

Sibylle schluckte und entschied sich dann fürs Schweigen. »Ach, was soll's. Ich mache jetzt erst einmal einen starken Kaffee. Den kann zumindest ich gut gebrauchen.«

Mario nickte nur und rannte forsch Sibylle in die Küche hinterher. »Ich decke schon mal den Tisch! Wenn du nur halb so viel Hunger hast wie ich, muss ich noch Brötchen nachholen«, scherzte er locker, als seien sie beide langjährige gute Freunde. Sibylle ärgerte sich ein wenig. Er hatte sich für Sandra entschieden. Sie war seine Lebensgefährtin, die Mutter seines Sohnes und vermutlich ging sie fremd, wie es gestern aussah. War Marios Besuch bei ihr jetzt die Rache für Sandras Untreue?

KAPITEL 20

»Das wird nicht nötig sein. Ich habe sowieso in zwei Stunden einen Termin«, reagierte Sibylle abweisend.

»Ich dachte, dir ginge es schlecht und dann musst du zu einem Termin?« Mario war die Enttäuschung deutlich anzumerken.

»Um den anscheinend falschen Gerüchten im Unternehmen vorzugreifen: Ich bin nicht krank, ich bin beurlaubt.«

»Du hast Urlaub wegen privater Probleme?«, beharrte Mario.

»Das kann vieles sein: die Pflege meiner vielleicht kranken Mutter, ein schwieriger Umzug, eine Abtreibung oder eine Depression.« Als Sibylle diese Beispiele genannte hatte, wusste sie bereits, dass sie nicht klug gewählt waren. Ihr war jedoch nichts anderes dazu eingefallen. Sibylle wollte Mario nur so schnell wie möglich loswerden, ohne dass er sich angeblich Sorgen um sich machen könnte.

»Abtreibung?«, Mario stand erschüttert auf. »Doch nicht von Herrn Vollmer?«

»Selbst wenn es so wäre, ginge dich das überhaupt nichts an!«, reagierte Sibylle verärgert. »Der Kaffee ist durchgelaufen und wir können jetzt frühstücken. Alles andere ist vollkommen meine persönliche Angelegenheit.«

»Nicht ganz«, protestierte Mario im ernsten Ton.

»Du bist noch nicht einmal mein Vorgesetzter mehr. Also warum sollte dich etwas in meinem Leben angehen oder interessieren?«, Sibylle war schon jetzt erschöpft von Marios beharrlichen Rückfragen.

»Ganz einfach: weil ich dich liebe.« Stille. Sibylle fing an, zu wanken. Er spielte noch immer sein Spielchen mit ihr, weil er sie aus irgendeinem Grund momentan für irgendetwas dringend benötigte.

»Mario, du hast dich monatelang überhaupt nicht blicken oder hören lassen. Jetzt verkündest du plötzlich, dass du mich liebst. Für wie dumm hältst du mich eigentlich?« Sibylle hatte die Kaffeeglaskanne mit so einem Schwung auf den Esstisch aufgesetzt, dass die schwarze Flüssigkeit in seinem Inneren nahezu überschwappte.

»Ich habe mich nicht bei dir gemeldet, da du dich im Ruckzuckverfahren bei Herrn Vollmer beworben hast. Du wolltest von meinem Sekretariat weg und für ihn arbeiten. Zu allem Überfluss erwischte ich dich dann noch mit deinem Herrn Vollmer Sekt trinkend in deinem Hotelzimmer.« Marios Stimme strahlte männliche Dominanz, aber auch tiefe Enttäuschung und Zorn aus.

Sibylle konnte nicht anders. Sie fing an zu lachen. Es war zu grotesk. Mario machte ihr Vorwürfe, dass sie ihn angeblich betrogen hatte und er bekam schon zu diesem Zeitpunkt ein Kind von einer anderen Frau. Ihr Lachen wurde immer hysterischer.

»Was gibt es da zu lachen?«, herrschte Mario sie an.

»Entschuldigung. Es ist unpassend, aber alles ist hier völlig unpassend. Zwischen Herrn Vollmer und mir war nichts, absolut nichts.«

»Dann kann ich nur zurückfragen: Für wie dumm hältst du mich dann eigentlich? Als du das Hotelzimmer geöffnet hattest, saß er auf deinem Bett und dein Büstenhalter war sichtbar geöffnet. Erzähl mir jetzt nicht, dass da nichts war.«

Sibylle schluckte. Sollte sie Mario wirklich die Hintergründe von damals erzählen, die ihren jetzigen Chef in einem schlechten Licht dastehen lassen würde? Sie schluckte.

»Jetzt bist du sprachlos, was? Glaube nicht, dass ich nicht gemerkt habe, wie sehr Herr Vollmer hinter dir her ist.« Mario ging aufgeregt hin und her. »Ich wollte eigentlich mit dir ein ruhiges, freundschaftliches Frühstück genießen. Langsam frage ich mich, ob das wirklich eine so gute Idee war.« Mario tobte innerlich, was Sibylle deutlich bemerkte.

»Das war es nicht, Mario. Dein Kind und deine Freundin warten zu Hause oder auch nicht, wenn ihr euch getrennt habt. Aber ich bin die Letzte, die da irgendwie mitmischen will. Es ist in der Tat besser, wenn du jetzt gehst.«

KAPITEL 21

Plötzlich schaute Mario sie nicht mehr wütend, sondern erstaunt an. »Mein Kind? Meine Freundin? Was erzählst du da?«

»Mario, jetzt spiele doch nicht den Naiven. Sandra und Tobias? Weißt du noch? Deine Freundin und dein Sohn!« In Sibylle stieg ein ungeheurer Zorn hoch.

Diesmal fing Mario an zu lachen. Während er sich kaum beruhigen konnte, hätte Sibylle ihm gerne eine Kaffeetasse an den Kopf geworfen.

»Wegen Sandra und Tobias hast du was mit Herrn Vollmer angefangen?« Mario konnte vor Lachen kaum sprechen.

»Ich habe nichts mit Herrn Vollmer angefangen, wie häufig soll ich dir das noch sagen.« Sibylles Wut ließ sie unüberlegt reden. »Er hatte schon, bevor er zu mir ins Hotelzimmer kam, einiges getrunken. Er war tatsächlich hinter mir her und bedrängte mich ein wenig. Da er mein Vorgesetzter ist, hatte ich Bedenken, ihn zu heftig abzuwehren. Ich war froh, als du an die Tür klopftest, bevor ich mich hatte ernsthaft wehren und Herrn

Vollmer und mir eine weitere Zusammenarbeit unmöglich machen müssen.«

»Und der geöffnete Büstenhalter? Das hast du zugelassen ohne dich »ernsthaft« zu wehren?« Mario hielt noch immer mühsam das Lachen zurück.

»Ich weiß nicht, was du daran so witzig findest. Herr Vollmer hatte mich umarmt und dabei an meinem BH-Verschluss rumgefingert. Gerade, als du klopftest, hatte er Erfolg und der Büstenhalter öffnete sich. Als du gegangen warst, war Herr Vollmer wie ausgewechselt. Er entschuldigte sich für sein Drängen und versprach mir, dass so etwas nie wieder geschehen würde. Herr Vollmer hat sich bis heute an sein Versprechen gehalten.«

»Also keine Abtreibung?«, fragte Mario ungeschickt nach.

»Nein und auch keine Schwangerschaft, wie bei Sandra und dir«, entgegnete Sibylle noch immer verärgert.

»Sandra und mir? Sandra ist die Freundin meines Bruders. Ich würde aus zwei Gründen nie etwas mit ihr anfangen. Erstens: Mein Bruder hat genug gelitten. Niemals würde ich ihm die Freundin wegnehmen. Zweitens: Ich liebe dich, seit dem Vorstellungsgespräch bei mir als meine Sekretärin. Ich will keine andere Frau.«

»Wieso bekommst du dann ein Kind von Sandra? Da passt doch wohl einiges nicht in deinen Erklärungen.« Sibylle konnte das alles noch nicht glauben

»Das ist doch nicht mein Sohn!« Mario schien langsam von Sibylles anhaltenden Zweifeln amüsiert zu sein.

»Natürlich. Es ist der Sohn deines Bruders, der völlig unfähig zu sein schien, sich in der Schwangerschaft um seine schwangere Freundin zu kümmern. Du hast sogar die Medikamente für Sandra besorgt. Ich soll dir glauben, dass es nicht dein Sohn und nicht deine Freundin oder Affäre ist?«

»Ja, Sibylle, es ist so.« Mario war jetzt ernst. Er legte seine Hände auf Sibylles Schultern, um sicherzustellen, dass sie ihm genau zuhörte. »Mein Bruder war lange sehr krank. Er hatte Krebs und musste die üblichen, kräftezehrenden Behandlungen über sich ergehen lassen. Ich habe mich als der Onkel des Kindes und den Schwager seiner Freundin um die beiden gekümmert. Keiner wusste, ob die Therapie anschlagen würde und mein Bruder die Geburt seines Sohnes noch klaren Verstandes erleben könnte. Mein Bruder, und das ist ein Wunder, ist geheilt. Er sieht noch ziemlich mitgenommen aus, aber er kann jetzt schon ein wenig für seine kleine Familie da sein. Dennoch werde ich immer noch helfen müssen. Es war eine harte Zeit für Sandra und uns, die wir nur mit einem engen Zusammenhalt so gut überstehen konnten.« Mario zwinkerte Sibylle zu: »Wärst du bei meiner Babyfeier im Unternehmen dabei gewesen, hättest du all das schon damals erfahren.«

Sibylle war erschüttert. So einfach, wenn auch erschreckend, war die Lösung für Marios widersprüchliches Verhalten.

»Ich habe deinen Bruder gestern mit Sandra in der Pizzeria gesehen«, murmelte Sibylle leise. »Er sah tatsächlich sehr mitgenommen aus, aber die beiden waren so glücklich miteinander.«

»Ja, Sibylle, ihre Liebe ist unerschütterlich. Das würde unsere Liebe auch sein, wenn du es zulässt.«

Sibylle nickte nur. Sie hätte nur ein wenig mehr Vertrauen haben müssen und die qualvolle Zeit für sie wäre ihr erspart geblieben.

Mario nahm sie in den Arm und drückte sie fest. Sibylle fühlte sich plötzlich behütet und der monatelange Schmerz aus ihrem Körper verschwand. Sie spürte plötzlich, wie Mario an ihrem BH am Rücken herumfingerte.

»Mal schauen, ob ich das auch so gut hinbekomme, wie Herr Vollmer!«, flüsterte er ihr sanft ins Ohr.

»Glaubst du mir noch immer nicht, dass...?«, frage Sibylle erschrocken zurück.

»Natürlich glaube ich dir das jetzt. Wir sollten uns zukünftig immer vertrauen.« Der Büstenhalter war offen und Mario schaute ihr liebevoll in die Augen. »Ehepaare müssen sich vertrauen, das ist der Sinn einer Ehe. Irgendwo in den Brötchen ist ein Verlobungsring versteckt, wenn ich nur noch wüsste, in welchem. Da müssen wir wohl doch alle Brötchen jetzt aufessen?«, zog Mario sie auf.

»Du willst mich heiraten?«, fragte Sibylle ungläubig.

»Allerdings, und eine Widerrede dulde ich nicht. Das müsstest du als meine wieder eingestellte Ex-Sekretärin doch wissen. Ich habe lang genug beruflich und vor allem privat auf dich gewartet. Herr Vollmer hat schon zugestimmt und du wirst es nach dieser Nacht auch.« Mario schaute unentschieden auf die Brötchentüte herüber.

»Was soll's. Den Ring finden wir schon, nachdem du mir gehörst.« Widerstandslos ließ sich Sibylle von Mario hochheben und in ihr Schlafzimmer tragen. Nun würden ihre kühnsten Träume in Erfüllung gehen, von denen sie niemals mehr angenommen hatte, dass sie jemals wahr werden könnten.